中华先锋人物
故事汇

张富清
旧皮箱里的秘密

ZHANG FUQING
JIU PIXIANG LI DE MIMI

徐鲁 著

党建读物出版社　接力出版社

图书在版编目（CIP）数据

张富清：旧皮箱里的秘密/徐鲁著. —南宁：接力出版社；北京：党建读物出版社，2021.9（2024.7重印）
（中华人物故事汇. 中华先锋人物故事汇）
ISBN 978-7-5448-7391-8

Ⅰ.①张… Ⅱ.①徐… Ⅲ.①传记小说－中国－当代 Ⅳ.①I247.5

中国版本图书馆CIP数据核字（2021）第175002号

张富清 —— 旧皮箱里的秘密
徐 鲁 著

责任编辑：	李雅宁
文字编辑：	王 燕　张永鹏
责任校对：	杨少坤　王 静
装帧设计：	严 冬　许继云　　美术编辑：高春雷
出版发行：	党建读物出版社　接力出版社
地　　址：	北京市西城区西长安街80号东楼（邮编：100815）
	广西南宁市园湖南路9号（邮编：530022）
网　　址：	http://www.djcb71.com　　http://www.jielibj.com
电　　话：	010-65547970/7621
经　　销：	新华书店
印　　刷：	河北鹏润印刷有限公司

2021年9月第1版　　2024年7月第4次印刷
787毫米×1092毫米　32开本　　5印张　　70千字
印数：20 001-23 000册　　定价：25.00元

版权所有　侵权必究
质量服务承诺：如发现缺页、错页、倒装等印装质量问题，可直接联系本社调换。
服务电话：010-65545440

目 录

写给小读者的话 …………… 1

艰辛的童年 ………………… 1
母亲盼儿归 ………………… 7
加入自己的队伍 …………… 13
血与火的考验 ……………… 19
壶梯山之战 ………………… 23
火线入党 …………………… 31
浴血永丰镇 ………………… 37
痛失亲爱的战友 …………… 45
风雪大西北 ………………… 49

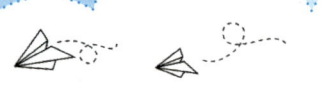

凯歌进南疆 · · · · · · · · · · · · · · · 55

远方的召唤 · · · · · · · · · · · · · · · 61

珍贵的搪瓷缸子 · · · · · · · · · · · 67

到最艰苦的地方去 · · · · · · · · · 73

清贫的日子 · · · · · · · · · · · · · · · 81

谁言寸草心 · · · · · · · · · · · · · · · 87

默默奋斗的人 · · · · · · · · · · · · · 91

老兵本色 · · · · · · · · · · · · · · · · · 99

纪念碑下的小花 · · · · · · · · · · 111

旧皮箱里的秘密 · · · · · · · · · · 119

打开尘封的记忆 · · · · · · · · · · 129

庄重的军礼 · · · · · · · · · · · · · · 135

闪亮的初心 · · · · · · · · · · · · · · 145

写给小读者的话

二〇一九年盛夏时节,北京天安门广场上鲜花怒放,游人如织。

每年暑期,很多家长和学校老师都会带上孩子来到祖国首都北京游历一番。雄伟的天安门广场,更是游人们首选的"打卡"之地。

黎明时分,人们早早地来到天安门广场,等待庄严的升国旗仪式。美丽的晨光里,佩戴着鲜艳红领巾的少先队员们,在高高的人民英雄纪念碑前列队,向英勇的先烈和人民英雄们献上少先队员崇高的敬意。大家站在宽阔的广场上,纷纷以天安门城楼和金水桥做背景,拍照留念童年时代一个宝贵的瞬间……这些场景,是夏日的天安门广场上最美的风景。

七月二十七日这天,朝气蓬勃的少先队员们,突然在天安门广场上看到了一副熟悉的面容。

"快看!那不是张富清爷爷吗?"

"哇,真的是老英雄张富清爷爷!"

没错,就是张富清。他由家人和工作人员陪护着,坐着轮椅,笑吟吟地来到了他向往多年的天安门广场上,来到了人民英雄纪念碑前。

为了在人民英雄纪念碑前献上一个老兵庄重、肃穆的敬礼,张富清特意穿上了一件雪白的衬衫,看上去精神矍铄,一点儿也不像是一位九十五岁的老人。

许多游客也惊喜地认出了他,一边亲切地和他打着招呼,一边围拢上来,每个人都想近距离地看看这位"明星"一般的老英雄。有的游客还迫不及待地拿出手机,和老人合影留念。张富清笑呵呵地配合着大家,满脸的慈爱与喜悦。

他的儿子张健全推着老父亲的轮椅,缓缓地来到了矗立在天安门广场中央的人民英雄纪念碑前。

自从离开部队，转业到湖北省恩施土家族苗族自治州来凤县工作后，张富清和老伴还没有外出旅游过。有一次，孙女张然问爷爷，有没有最想去的地方？爷爷脱口说道："最想去一趟北京，带着你奶奶，去看一看天安门，在人民英雄纪念碑前献一束花。"

张然后来才知道，一九五三年，爷爷奉命准备执行赴朝鲜作战任务的时候，曾在北京短暂停留，匆匆地来过天安门一次。从那以后，天安门广场就深深印在了老人的脑海里。他多次梦想着，将来有一天，带着老伴孙玉兰，再来北京看看。

今天，老人多年的心愿终于实现了！

在人民英雄纪念碑前，张富清在家人的帮助下，亲手献上了鲜花，还站起身来，向着纪念碑，献上了庄重、标准的军礼。

他的眼睛里噙满了泪水。

两个月后，新中国迎来了七十周年华诞。九月二十九日，中华人民共和国国家勋章和国家荣誉称号颁授仪式在人民大会堂金色大厅隆重举行。中共中央总书记、国家主席、中央军委主席习近平亲自给张富清颁授共和国勋章，习近平总书记亲切的问候和祝愿，让张富清感到无比激动、无限的温暖。

为了新中国的诞生，张富清从青年时代起，和他的战友们一道出生入死，身经百战，在解放大西北系列战斗中英勇战斗，舍生忘死，荣立西北野战军特等功一次、军一等功一次、师一等功一次、师二等功一次和团一等功一次，并被授予军"战斗英雄"称号、师"战斗英雄"称号和"人民功臣"奖章。

新中国成立后，他又主动要求到艰苦贫困的鄂西山区为党、为国家工作，一心一意为人民服务，六十多年深藏赫赫功名，默默奉献，不求回报。直到二〇一八年底，全国采集退役军人信息时，大家才知道了他不平凡的经历……

那么，这位老英雄的故事，我们该从哪里说起呢？

艰辛的童年

一九二四年十二月，张富清出生在陕西省汉中市洋县马畅镇双庙村一个贫苦的农民家庭。

洋县，位于陕西省西南部，北依秦岭，南靠大巴山区，往东是佛坪县和石泉县，南邻西乡县，西边毗邻城固县，往北是留坝县和太白县。

在张富清的童年时代，他的家乡洋县和当时中国的许多地方一样，人们被贫穷的生活和愚昧的思想笼罩着，也被黑暗、残暴的反动统治压迫着，老百姓生活在饥寒交迫、水深火热之中。

张富清家里也不例外，一连串的不幸降临在了这个贫寒之家。先是他的父亲，一个勤劳而苦命的农民，因为多年积劳成疾无钱医治，不幸英年早逝,撇下了妻子和四个尚未成年的孩子。母亲带着他们兄妹四人,在贫困和艰辛的日子里苦苦挣扎。

不幸的是,刚刚成年不久的大哥又被病魔缠上了。大哥一病不起,家中唯一的顶梁柱倒下了。

当时,无助的少年张富清瞒着家人,一趟趟地攀登通往洋县磨子桥的金鸡山,希望能给大哥找回来一点儿救命的草药——因为他在很小的时候,就听村里的一位老人讲过一个传说:在高高的金鸡山上,生长着一种能救命的神奇"仙草"。他也许以为,只要能找到这种"仙草",大哥就会得救吧。

但是,最终他也没有找到救治大哥的"仙草"。无情的病魔,很快就夺走了大哥的生命。残酷的现实生活,给少年张富清上了苦难人生的第一课!

阴影还在继续笼罩着这个贫穷之家。

不久,身体本来就羸弱不堪的母亲也积劳成疾,病重的时候几乎无法下地干活儿。全家人的

日子过得一天比一天艰难。

十五岁那年,张富清到当地的一个财主家里,当起了长工。给人当长工,就意味着每天都要"端人家碗,服人家管"。起早贪黑、吃不饱穿不暖,小小少年从小过惯了苦日子,什么苦头没有吃过?然而最让他难受的是,每天都得忍受财主家的白眼、蔑视和奚落!

村里老人们常说的一句话是:"越是财大气粗的财主,越是心黑。"少年张富清从十五岁起,就亲身验证了这种说法。

拥有一颗敏感的少年心的张富清,在白眼、蔑视和奚落下,在充满了欺凌、压榨和盘剥的不平等的世界里,一天天长大成人。

因为经常吃不饱饭,直到二十一岁时,张富清的身子骨还是很瘦弱,以至于连抓壮丁的国民党部队都看不上他。不过,那些抓壮丁的人看上了他的二哥。一九四五年,二哥被国民党部队抓走了。

这时候,可怜的母亲像疯了一样,呼天抢地,天天以泪洗面。母亲深知,没有了老二,这个家很快就支撑不下去了。万般无奈之下,母亲只好四处托人,忍痛用身子骨瘦弱的老三张富清去换回了二哥,也算是挽救了这个家。

可是,国民党派来抓壮丁的人,百般嫌弃,觉得张富清孱弱矮小。最终他被送到了国民党部队里,当了一个做饭、喂马、洗衣服、打扫卫生的杂役。

少年尝尽愁滋味。有时候,张富清给军马喂完草料后,就独自坐在夜空下,望着满天不停闪烁的星星,喃喃自语道:"这样的年月还要苦熬多久啊?什么时候,穷苦的人们才会有出头之日?"

母亲盼儿归

　　低暗的天空彤云密布，远处的山野显得更加冷清和寂静，好像又要下雪了。

　　傍晚的时候，炊烟在小村庄里的每一个屋顶上慢慢地升起，接着又飘散到了村口、谷场上，村外也是一样的冷清和寂静。只有一只寂寞的小花狗，还在水塘边追着几只不肯归林的八哥。

　　这时候，星星从空旷的山间升起来了。淡淡的星光照亮了从旷野通往村庄的小路，还有路边稀疏的几株迎风飞舞、不折不挠的白茅草。当地人把这种高高的白茅草，叫作"霸王草"。也许，就因为它们的茎秆比一般的茅草长得更为高大修长。

一九四八年冬日里的一个傍晚,在双庙村村口,像往常一样,鬓角已经斑白的母亲,孤零零地站在一棵老槐树下,凝望着通往远方的那条弯弯的小路。她在这里盼望着、等待着儿子张富清归来。

年年柳色,年年秋风。燕子飞来又飞走了,大雁飞来也飞走了。老槐树一年年花开花落,老母亲一年年变得更加憔悴、苍老了。

转眼间,一个漫长的冬天又过去了。

冬去春来。在艰辛和苦难中一步步向前迈进的古老中国,迎来了一九四九年的早春时节。

这天一大清早,有两只花喜鹊,突然飞到了双庙村村口的老槐树上,不停地喳喳欢唱着。母亲想着,难道儿子张富清要回来了?

汉中乡村里有句谚语说:"喜鹊叫,喜事到。"在汉中人眼里,喜鹊是一种喜庆和吉祥的鸟儿。它们和汉中人很有缘分,总是喜欢把自己的大巢筑在村口和民居旁的大树上,平时也特别喜欢在村庄附近活动,和生活在村里的农人们形影不离。汉中人认为,有喜鹊筑巢、喜鹊盘旋的村庄,是吉祥和平安的村庄。

果然,还没到吃午饭的时候,从镇上来的一个邮差,给这位老母亲送来了一张上面有鲜红的毛笔字和清晰的黑毛笔字的"报功书"。母亲不识字,就请邮差念给她听。邮差捧着报功书,一字一句地念道:

贵府张富清同志为民族与人民解放事业,光荣参加我西北野战军第二纵队三五九旅七一八团二营六连,任副排长。因在陕西永丰城战斗中勇敢杀敌,荣获特等功,实为贵府之光、我军之荣。特此驰报鸿禧。并致贺礼。

    西北野战军兼政委 彭德怀
    政治部主任 甘泗淇
    副主任 张德生

报功书的签发时间是一九四八年十二月。

"这上面写的可都是真的吗?"母亲一边听着,一边喜极而泣,不停地擦着眼泪,甚至有点不敢相信自己的耳朵。

"大娘，当然是真的呀，恭喜您老人家。您的儿子在部队上立了大功，还是特等功，您儿子成了英雄啦！"随后，邮差还仔细地给张富清的母亲解释道，"这西北野战军，可是共产党领导的队伍，是人民子弟兵。这份报功书，是西北野战军的政委彭德怀亲笔签发的，真是了不起啊！"

听邮差这么一说，母亲那颗悬着的心，总算是落了地。只要儿子张富清还活着，她就没有白白地苦盼、苦等了这么久。

让她百思不解的是：儿子张富清当年不是被国民党抓去当兵了吗？怎么又在共产党的队伍里立了大功呢？

她在心里嘀咕着，一时间弄不明白这到底是怎么回事。

不过，也难怪这位在贫穷和艰难的生活中度过了大半生的老母亲心中疑惑。当时，无论是外面的世界，还是眼前的中国，都在发生着改天换地的剧变。

这时候，共产党领导的中国人民解放军，正以摧枯拉朽之势，迅速涤荡着中国大地上的一切污泥浊水，中国人民的命运，将要掌握在自己的手中了！

那么，张富清是怎么变成人民解放军的副排长，又是怎样立下特等功，成为战斗英雄的呢？

这得从一九四八年那场"瓦子街战役"讲起了。

加入自己的队伍

陕西省黄龙县瓦子街镇,被称为黄龙县的"北大门"。这个小镇北与宜川相邻,西与洛川相接,得益于川道土地的平展肥沃,是陕北黄土高原上少有的一个物阜民丰的地方。

发生在一九四八年春天的"瓦子街战役",是解放战争时期,中国人民解放军在大西北战场上的一次重要战役,也被视为毛泽东领导的人民解放军"围城打援"战略战术的典型战例之一。

一九四八年初春,中国人民解放军在西北战场进入战略进攻阶段,采取"围城打援"的作战计划，首先围攻宜川守敌，引诱城外的敌人前来支援。敌人果然中了圈套，赶来支援的敌军不知不觉地进入了解放军预设的伏击圈。一天凌晨，第一纵队从瓦子街敌军的后方发起了进攻，一直打到黄昏时分，敌人的援兵全部被人民解放军压在桥儿沟、任家湾、丁家湾附近，东西不足十公里、南北仅五公里的狭窄川道里。

初春时节的黄土高原，仍是寒风料峭，吹在脸上就像刀割一样。当晚，英勇的解放军将士们就在风雪山林里宿营，翌日拂晓又发起了总攻。经过几个昼夜的浴血奋战，解放军取得了整个战役的胜利。

瓦子街一战打得十分漂亮。

本来就溃不成军的国民党，在解放军的炮火中纷纷丢盔弃甲，作鸟兽散。

张富清常听人讲，共产党领导的军队，是穷苦老百姓的子弟兵，是为劳苦百姓打天下的。共产党还实行"耕者有其田"，减租减息，绝不让劳苦百姓受剥削。

他记得二哥曾经告诉过他一件事：有一天，二哥在去赶集的路上，遇到了共产党领导的一支八路军队伍。二哥心里害怕，心想准备拿到集市上去卖掉的一口袋粮食，恐怕是保不住了！结果呢，让他意外的是，八路军战士不但没有抢夺他的粮食，还帮他背了好长一段路，一路上还给他讲了不少共产党领导的军队是为老百姓打天下的，各地老百姓要团结起来的道理。

这件事，一直印在张富清的脑海里，他对共产党的军队一直心存好感。

张富清后来回忆说："我当时很想回家，但不知道回家的路，更害怕再次被国民党部队抓去。当时，我亲眼见到了人民解放军与国民党部队确实不一样，内心受到了很大的触动，于是就下决心留了下来，成为一名解放军战士。"

这一年，张富清二十四岁。就像一株越过严冬的小树，获得了新的生机，张富清遇到了共产党的军队，加入了革命的队伍，光荣地变成了中国人民解放军西北野战军第二纵队三五九旅七一八团二营六连的一名战士。

捧着解放军的军装,他是多么自豪和激动啊!当时他就想,如果母亲知道自己的三儿子还活着,而且已经成了人民子弟兵里的一员,也会感到无比欣慰吧。

可是,战争岁月,烽火连天,家书难托。母亲在老家一直不知道儿子张富清是生是死,更不会想到,苦命的三儿子还会穿上解放军的军装,成了为穷苦老百姓打天下的英雄。

加入人民解放军的队伍后,张富清很快就亲身感受到了人民军队官兵平等、战友之间亲如兄弟的温暖情谊。获得了新生的张富清,在这座大熔炉里重新开始接受淬火和冶炼。

这个贫苦人家的子弟,过去一直没有机会识字念书。因为不识字,想给家中的老母亲写封报平安的家书都不可能。现在,到了革命的队伍里,他在战友们的帮助和影响下,也开始自觉地认字、写字,学起了文化知识。

每当夜深人静的时候,他忍着眼泪,一遍遍

地在心里默默说道:"母亲,母亲,您老人家还好吧?您和二哥、妹妹,一定要好好地生活下去,要等到我回去看您的那一天……"

血与火的考验

张富清一家人,从他祖父那一代起,就居住在三间土坯房里,村里人都习惯称之为张家老屋。

从张家老屋往北数公里远的地方,有座不算太高的山,叫子房山。"子房"是汉高祖刘邦的重要谋臣,汉朝开国功勋之一张良的字。

子房山上,还留有一座张良庙,是为了纪念这位汉朝名臣而建的。张良一生大多数时间都在汉中、关中活动,所以这一带的百姓对张良的故事十分熟悉,口口相传。

张富清从少年时代起,就听说过张良的故事,知道他是一代代乡亲敬重的先贤。只是,他做梦也不会想到,将来有一天,自己也会变成洋县的乡亲们心中同样敬重的英雄!

"战友之间亲如兄弟,行军打仗处处有人帮助我、保护我……解放军执行的是'三大纪律八项注意',从来不拿老百姓东西,借什么一定归还,损坏了就赔新的,如果老百姓不愿意借,决不勉强……"这是张富清后来回忆起刚刚成为解放军战士的日子里,接受的最朴素的教育时说的话。

一九四八年三月五日至四月初,张富清跟随部队参加了黄龙山麓战役。这场战役是解放战争中西北野战军发动的八大战役之一,从一九四八年三月五日打响,至四月十二日结束,共歼灭敌人三千余人,扩大和巩固了黄龙解放区,也把已有的西北解放区与晋绥、晋南连成了一片,解决了粮食问题,为解放延安创造了有利条件。

在这场战斗中,张富清亲眼看到、感受到了战友们不怕牺牲,面对敌人敢拼、敢打的大无畏气概。

到了四月中旬,西北野战军又乘胜发起西府战役,张富清随部队继续参战。这场战役持续了二十多天,歼灭敌人两万多人。

连续两次战役,都让张富清感受到了一种胜利者的自豪。战友的帮助,部队首长的教育,让张富清这名新兵很快就明白了为谁打仗、为什么打仗,人民军队来自人民、依靠人民、为人民利益而战斗的革命道理,也坚定了他跟着共产党走,为穷苦百姓打天下、求解放的信念,在骨子里注入了革命战士不怕牺牲、视死如归的大无畏的勇气和精神。

好铁,要在铁砧上得到锻打;硬钢,须在烈火中得到淬炼。张富清正在一场场全新的战斗中,经受着血与火的严峻考验……

壶梯山之战

每到夏秋时节，黄土高原上到处盛开着火红的山丹丹花。

山丹丹花又名细叶百合，是一种球根野花，生命力极其顽强，陕北的乡亲们喜欢用"皮实"这个词来形容它们。

山丹丹花盛开时，像火焰一样绯红、热烈，因为生长在中国革命的"圣地"陕北高原上，所以它们也被赞誉为象征"星星之火"的"革命之花"。

有经验的陕北农民们都知道，每一株山丹丹上的花朵，都不是在同一年长出来的，每过一年，就多开一朵花。所以，当你看见一株山丹丹，只要仔细数一数它有多少朵花，你就知道这株山丹丹有多少岁了。

高高的壶梯山上，也盛开着火红的山丹丹花。

壶梯山是陕西省澄城县境内的一座高山，海拔约一千二百米。它与黄龙山的山脉相接，一道道斜坡绵延不断。因为整座山的形状就像一把水壶，一道道上升的陡坡又像阶梯一样，所以当地百姓叫它壶梯山。

壶梯山既是当地方圆数百里内的一个制高点，也是连接陕北与关中地区的一处交通要冲，不仅地势险要，山上的林木也茂密繁盛，便于隐蔽，所以这里自古以来就是兵家必争之地。

古时候，这里的老百姓都认为，壶梯山可以护佑着这里的百姓一年年风调雨顺、五谷丰登。这样的传说当然不足为信。真正给当地百姓带来幸福、平安好日子的，是让这里的乡亲们翻身解放，当家做主的共产党领导的革命队伍。

一九四八年八月，西北野战军由彭德怀、王震指挥的著名的壶梯山战役，不仅让壶梯山变成了一座举国皆知的"英雄山"，也从此扭转了壶梯山一带的乾坤，让生活在壶梯山一带的穷苦百姓对未来的日子有了盼头。

一九四八年七月，西北野战军在取得了西府战役的胜利后，返回黄龙解放区休整。盘踞在渭河北岸的国民党军，派出胡宗南的三大主力之一，整编第三十六师，开始向北进攻。他们进犯到了澄城县以北的冯原镇、壶梯山地区，妄图控制黄龙山南边的壶梯山、将军山等要道，封锁我军南进的路线。

我军及时识破了敌人的阴谋。七月二十二日，西北野战军总指挥部决定发起澄合战役，集中主力围歼国民党军的整编第三十六师。

但是，狡猾的第三十六师很快就发现了我军在石堡设下的埋伏。于是，立即停止了进犯的脚步，以冯原镇为中心，构筑了一个个暗堡工事，部署防御力量。

壶梯山在冯原镇东北方向，地势高而险要。对我军来说，它是黄龙解放区的门户。而国民党军防御工事的制高点和支撑点，也设在壶梯山上。

因此，拿下壶梯山，成了这场战役胜负的关键！

镇守壶梯山的，是国民党军整编第三十六师二十八旅八十二团。狡猾的敌人在壶梯山设置了三道防线：最低的第一道防线在山梁上，是由一些暗堡、壕沟构成的独立工事；第二道防线又往上一点儿，是由十多个碉堡交错构成的碉堡群；第三道防线在山巅上，敌人把山顶上的一座大庙改造成了一座大型堡垒，也是敌人的团部所在。

八月六日，西北野战军第二纵队司令员王震，带领几名指挥员在前沿阵地勘察地形时，发现壶梯山的整个防御工事虽然比较坚固，但是百密一疏，在敌人的工事右翼，还是暴露出了一点儿可以"做文章"的空隙。

于是，第二纵队当机立断，决定以独立第四旅，独立第六旅，三五九旅配属炮工团第一、二、三营，分别从东、西、北三面同时发起攻击。

战斗在八月八日打响了！

司令员王震亲自指挥三五九旅进行正面强攻。

按照事先的部署，张富清所在的三五九旅七一八团二营，负责强攻大庙东北端。

战斗打得异常残酷。壶梯山的守敌面对解放军突如其来的强大攻势，依托着密集的暗堡负隅顽抗，拼死挣扎。

一个个暗堡射击孔，疯狂地吐着机枪子弹，死死封锁住了我军进攻的路线。

受命担任突击组长的张富清，和战友们一道，被敌人疯狂的火力压制在掩体内。他眼睁睁地看着，前面一个个战友倒在了暗堡里吐出的火舌下。

事不宜迟！每多耽搁一分钟，就意味着会有更多的战友倒下！

那个暗堡主体工事在地下，地上只露出一米来高，从上面炸不容易摧毁。看到牺牲了那么多战友，张富清主动要求去炸掉它。

"解决这样的暗堡，光靠往上面扔手榴弹是不行的，必须从侧面接近，从射击孔塞手榴弹进去。"多年以后，张富清回忆起当时的紧急情形时说。

于是,连长又一次组织火力,掩护张富清从侧面迂回靠近敌人的射击孔。

只见个子瘦小的张富清,在一阵阵呼啸而过的子弹声里,一会儿匍匐前进,一会儿飞身跃起,很快就接近了敌人的射击孔边。

这时候,一枚燃烧弹在张富清身边爆炸了,烈焰瞬间烧伤了他的右臂和胸部!

但是,敌人的射击孔里还在吐着火舌。刻不容缓,因为肌肉和神经高度紧张,他甚至没有感觉到强烈的疼痛,只是觉得有一点点不舒服而已。

靠近点,再靠近点!此时,他的脑海里只有这样一个念头。

终于,他悄悄地靠近到敌人暗堡的射击孔边缘了。只见他迅速地拔掉手榴弹引线,麻利地朝喷着火舌的暗堡射击孔塞了进去。

随着轰的一声巨响,敌人的机枪哑了!

战友们迫不及待地呼啸而起,泰山压顶一般冲了上来。

敌人的团部被我英勇的七一八团拿下了!

至下午六时，壶梯山被我军彻底攻占。敌整编第三十六师全线动摇，主力部队在八日傍晚向南逃跑。

我三五九旅乘胜追击，又歼灭了一部分逃窜的敌军，一举收复了韩城、澄城、合阳。壶梯山战役宣告胜利。

壶梯山战役被誉为西北野战军进攻关中的"第一战"。这场战役狠狠打击了国民党的嚣张气焰，为我军解放西安，解放整个大西北，拉开了胜利的序幕。

西北野战军司令员彭德怀，时刻关注着这场战役的进展。他深知，这是歼灭胡宗南整编第三十六师的关键一战。

壶梯山这漂亮的一战，也是张富清从一名普通士兵踏上英雄之路的一次"奠基之战"。

战斗结束，清点战果的时候，战友们发现，在火线上受命担任突击组长的张富清，竟然取得了攻下敌人碉堡一个、击毙敌人两名、缴获机枪一挺的辉煌战绩。

在人们后来看到的一份立功证书上，记下了

张富清在壶梯山之战中立下的这项战绩。他在壶梯山战役中,荣立西北野战军第二纵队五师一等功,并被授予师"战斗英雄"称号。

如今,巍峨的壶梯山,已经成了一个古战场。

一座高大的壶梯山战役纪念碑,高高地矗立在壶梯山半山腰间,直指蓝天,与日月同辉。

火红的山丹丹花,年年在山道旁、山崖上盛开。山丹丹的坚忍、顽强与美丽,也是我英勇的人民解放军将士们,为了全国人民的解放事业,不怕牺牲、勇往直前的信念与精神的象征。

每年秋天过后,山丹丹的叶子和花朵,又会化为泥土,滋养着来年新的春天、新的生命和新的希望。

美丽的山丹丹花,不也正像是在壶梯山战役中英勇牺牲的那些年轻的、无名的战士永生的英魂吗?

火线入党

跟着一杆红旗走,多艰辛的道路也不回头!披风雨,迎风雪,爬山岭,过山沟,战地黄花摇曳在张富清和战友们一段段风餐露宿的革命征程里……

在壶梯山战役之后,张富清所在的七一八团"枪不离肩、马不离鞍",脚踏着祖国的大地,继续投入了一场又一场的战斗!

战斗间隙,他也不断地学习文化、军事知识和人民解放军的光荣战史,弄清楚了自己所在的这支部队的辉煌经历。

原来,三五九旅七一八团就是抗日战争时期被赞誉为"太行山上铁的子弟兵"的"平山团"。

一九三七年七月七日,"卢沟桥事变"的枪声震惊了全国,中华儿女团结起来,全民族抗日救亡的烽火,迅速燃遍了长城内外。

就在这时候,两千三百多名在太行山一带长大的好儿男,毅然离开了自己的家乡。他们从河北省平山县的沟沟坎坎中走出来,毅然加入到了中国共产党领导的抗击日本侵略者的八路军队伍之中。

当时,八路军总部把这支由平山子弟组成的英勇善战、作风顽强的抗日武装,编入了王震领导的三五九旅,成为当时威名赫赫的"平山团"。

打仗的时候,平山团是一支无所畏惧的英雄部队;休整时,垦荒种地,生产自救,"平山团"仍然是一支劳动模范部队。

加入这样一支英勇的战斗队伍,张富清感到无比自豪。一个美好的理想、一个坚定的信念,就像种子一样,正在他的心中悄悄萌芽。

他憧憬着,将来有一天,自己也能像连长李文才、指导员肖友恩一样,成为中国共产党的一员。在每一场战斗中,像那些共产党员战友一样，带头冲锋陷阵，该是多么光荣啊！

不久，在东马村的一场战斗中，张富清带领突击组的六位战友，冲锋在前，扫清了敌人的外围火力，攻破并且占领了敌人的一个重要的碉堡，给后续部队打开了进攻的闸口。

在这场战斗中，张富清荣立西北野战军第二纵队五师十四团一等功一次。

接下来又有一场临皋战斗。战斗考验和锻炼了张富清，让他不断地获得战斗的智慧。临皋战斗中，已经成为班长的张富清，担当了十分危险的前沿搜索任务。

他发现敌人后，以迅雷不及掩耳之势，一举抢占了敌人的外围制高点，迅速压制住了敌人的封锁火力，为战友们开辟了一条减少牺牲、快速攻击的通道。

在这次战斗中，张富清又荣立了西北野战军第二纵队五师的二等功一次。

一九四八年八月，在又一场战斗结束后，全连要推荐出一位在阵地上表现突出的战士"火线入党"。

张富清怎么也没有想到,他自己就是这个被全连推荐出来光荣入党的战士!

连长李文才和指导员肖友恩,做了他的入党介绍人。

在硝烟持续弥漫的阵地上,在秋风掠过的北方大地上,在满脸烟尘的战友们的注视下,他缓缓地举起了攥紧的拳头,跟着指导员一字一句、掷地有声地宣读了庄严的入党誓词。

"是连长和指导员鼓励我,把我领进了党的怀抱。"许多年后,张富清回忆起自己当年火线入党的情景,仍然抑制不住内心的激动。他回忆着,喃喃地说:"这个神圣的时刻,这份战友的恩情,我一辈子也不会忘掉。那时候,不分白天黑夜,几乎天天在行军打仗,很少有休息时间。那一天,部队停下来休整了一天,连队召开党员大会,为我举行了入党宣誓仪式。当时入党要求极高,只有对党忠诚、打仗勇敢、不怕牺牲的人,才有资格入党,而且是成熟一个发展一个。打败国民党,解放全中国!在我举起右手宣誓的那一刻,这个坚定的信念就在我的脑海里升腾起来。永远听党的话，党指到哪里，我就坚决打到哪里，这样的誓词是从骨子里宣誓出来的。我也深深知道，右手一举，就意味着要随时准备冲锋在前，要随时准备流血牺牲。我在心里已经做好了一切准备。只要党和人民需要，我也情愿去牺牲自己，即使牺牲了也觉得无限光荣！"

有谁活得像他们这样单纯呢？为了让更多的人生活在明媚的、和平的阳光下，他们宁愿自己倒在黎明前。

有谁活得像他们这样无私呢？三尺土坑，一把荒草，只有异乡的老妈妈，用颤抖的双手轻轻合上他们年轻的眼帘。

有谁活得像他们这样坚毅呢？跟着一杆猎猎军旗，顶着一颗闪耀的红五星，枪林弹雨也阻挡不住他们铁流一样前进的脚步！

36　中华先锋人物故事汇　张富清

浴血永丰镇

张富清加入中国共产党后,越来越清晰地明白了,他所选定的,是一条为全中国的穷苦百姓求解放、谋幸福的道路;他的心中有了一个强大和坚定的信念,那就是只要跟着共产党走,任何重担和牺牲,都不会让他畏惧和退后!

他也深知,要为革命的事业而奋斗,就会有流血,就会有牺牲。但是他毫不畏惧,因为这是为党、为国家、为千千万万的人民而牺牲。即使是在战场上倒下了,那也是为了新中国的诞生,为了中国人民的幸福而光荣倒下的!

"共产党员,就是要像战斗中的突击队员一样,时刻走在队伍的最前面,要敢于冲上前去,为后续部队打开通道,要敢于用自己的身体去消耗敌人的子弹!"在一次次的战斗中,张富清对共产党员的理解,就是这么朴素和简单。

随着一九四八年深秋时节的到来,中国人民解放军与国民党军队的大决战,以东北野战军发起的辽沈战役为标志,正式拉开了序幕。

为了配合全国战场上的战略大决战,西北野战军先后发起了荔北战役、永丰战役。

永丰镇是位于陕西省蒲城县以东大约三十公里处,洛河岸边的一个小镇。小镇周边属于渭北黄土高原的沟壑区,地形复杂,地貌独特,山、水、川、塬,样样俱全。

入冬之后,大部分土塬都变得苍黄和空旷了。偶尔能见到一些野生的柿子树,高高的、已经落尽了叶子的树枝上,还挂着一些通红的、熟透的柿子。这些柿子个头儿很小,但是很甜,当地百姓叫它们"火晶柿子"。这大概是因为远远地看上去,它们就像挂在树上的一团团通红的小火苗吧。

让张富清刻骨铭心、毕生难忘的,是发生在

一九四八年冬天的永丰战役。这是西北野战军为配合淮海战役而发起的一次重要战役。整个战役打得异常惨烈：一夜之间换了八位连长！

这年十一月上旬，按照中央军委的统一部署，华东野战军、中原野战军联合发起了淮海战役。为了阻止胡宗南集团调兵增援中原战场，同时也为了收复和巩固已经解放的澄城、郃阳、白水地区，解决部队粮食问题，保障大部队的冬季整训，西北野战军前委决定在十一月中旬发起冬季攻势，力争歼灭胡宗南集团两三个师的兵力，彻底改变渭北地区的战争局面。

十一月二十三日，敌人的第七十六军南撤到了永丰镇以西的石羊地区。

二十五日下午，在我军的追击下，该部主力逃回永丰镇，龟缩在镇里，妄图作困兽犹斗。

当晚，我军二纵、三纵东渡洛河，对永丰镇的敌人形成了包围之势。一场惨烈的攻坚战，就在眼前。

二十六日黄昏，攻打永丰镇的战斗打响了。

张富清所在的六连，担任这次战役的突击连。

上级给六连下的死命令就是：要想尽一切办法，迅速炸掉城墙里的两个碉堡，消灭外围敌人，扫清敌人的火力障碍，为攻击部队打开一条通道。

接到命令后，连长、指导员把全连战士集合起来，交代了作战任务，并做了战前动员。

连长、指导员的话音刚落，张富清迫不及待地跨出队列，向连长和指导员请战说："我有担任突击组长的作战经验，请求加入这次突击任务！"

连队最终批准了张富清的请求，决定由他和二排的两名战士，一起组成一个突击小组。

二十七日拂晓，七一七团先攻破了永丰东南角的砖体碉堡。接着，七一八团也炸垮了东寨墙南段的外壕。

盘踞在镇子里的敌人，困兽犹斗一般，组织了猛烈的火力，疯狂地拦住了我军前进的步伐。

战斗从拂晓一直打到黄昏。

二十七日黄昏，张富清把两个炸药包捆在自己身上，背着十六枚手榴弹，还有一把刺刀、一支步枪、一支冲锋枪和足够的子弹，和另两名突击队员通过地道和壕沟，匍匐着前进了一段，渐渐接近了城墙下。

这时候，张富清身上有两枚手榴弹，引线接着用衣服布条搓成的索线。在他的意识里，已经做了最坏的打算，这两枚手榴弹，是他预备着最后要与敌人同归于尽时使用的。

永丰镇的城墙比较高。在城墙下，张富清扒着砖缝，率先艰难地攀上了四米多高的城墙。

观察了一下墙内的敌情后，张富清向战友示意了一下，然后毫不犹豫地第一个跳进了城墙里。

他双脚刚落地，就见到十几个敌兵，从黑暗中向他扑过来。

说时迟，那时快，只见他端起冲锋枪一阵扫射……七八个敌兵应声倒下。

许多年后，张富清回忆起这一幕，当时的情景依然历历在目。

他说："在战场上就是这样，不是你死就是我活！只要一端起冲锋枪，就没什么好怕的，怕也没有用。你只要主动进攻,速度比敌人快,就能把他们解决掉。"

就在他端起冲锋枪一阵猛扫的空当,他突然间感觉自己头部好像被什么东西重重地击打了一下,眼前冒出一阵金星。他也顾不得什么疼痛了,此刻唯一的想法就是先解决掉眼前的敌人。

等到赶过来的几个敌人都被他撂倒了,他再用手一摸头部,满手是黏稠的血……原来,是他的一块头皮被飞过的炮弹弹片掀了起来,鲜血直流!

张富清回忆说:"这时候也顾不得这些了,完成上级交给的任务才是天大的事!一个真正的士兵,都是在战场上炼成的!只要一冲上阵地,你满脑子想的都是怎样消灭敌人,头皮被掀开了也感觉不到疼了。"

这时候,敌人的碉堡里还在响着猛烈的机枪扫射声。

危急时刻,不容他多想,他也没把头部的伤太当回事,而是赶紧匍匐下来,继续朝前面的碉堡迂回着靠近。

他与自己的两名队员已经失去了联系,只能孤身深入了。

他拔下刺刀,用刺刀挖出了一个土坑,将捆在一起的八枚手榴弹和一个炸药包紧紧地捆绑在一起,然后瞅准机会,拉下了手榴弹的拉环……

一声巨响,敌人的碉堡被炸飞了。

借着弥漫的硝烟和扬起的灰尘的掩护,他又飞快地连滚带爬,接近了另一座正在疯狂地吐着火舌的碉堡旁。

依然是一束手榴弹,加上一个炸药包,让敌人的又一个碉堡也坐上了"土飞机"。

可是,因为与爆炸点靠得太近,张富清虽然保全了性命,但他满口的牙齿全都被震天动地的爆炸震松了,当时就有三颗牙齿被震得脱落了。没有上过战场的人,几乎无法想象,好端端的牙齿被剧烈的爆炸震落的情景。

第二个碉堡炸掉后,张富清才感到脑袋发晕,浑身有了剧烈的痛感。他觉得嘴里有一种苦腥味,一张开嘴,竟然吐出了大口的鲜血。

但这时候正是黑夜时分,两个战友联系不上,大部队还没有攻上来。他必须独自坚守在敌人的眼皮子底下,等待着大部队到来。

后来,他回忆起这个夜晚时感慨:"我不相信战场上会有幸运儿。战斗中,你不想办法消灭敌人,敌人就会消灭你。"

这一夜,在攻城部队冲上来之前,张富清像一颗钉子一样死死地钉在阵地的最前沿,多次打退了敌人的反扑,甚至还缴获了两挺机枪和几箱弹药。

黑夜的天空中,最后一颗星星正在悄悄隐去。

又一个拂晓到来了。二十八日,天亮时分,攻城部队冲上来了。一直打到上午十时,战斗胜利。国民党守敌第七十六军两万五千余人全部被歼灭。

痛失亲爱的战友

永丰解放了，洛河两岸的土地回到了人民的手中。当硝烟散尽，土塬上的一草一木，那些被战火烧焦的野柿子树、野枣树，都将在新的春天到来时，萌发出新的生机。

战斗结束后，战友们找到了体力消耗殆尽、已经瘫倒在地的张富清，用担架把他抬下了阵地。

这场战役，虽然取得了累累战果，但是我军也付出了惨重的代价！

战斗结束后，张富清被送到卫生院里养了几天伤。伤还没有痊愈，他就迫不及待地重新回到了自己的连队。可是，回到连队后他突然发现，身边都是一些陌生的新面孔。

原来,曾经与他朝夕相处的很多战友,都在这次永丰之战中献出了生命。他的入党介绍人、老连长李文才,也在这次战斗中英勇牺牲了。还有和他一起组成突击小组的那两名战友,也没能重新回到六连,他们都牺牲在了阵地上。而这些陌生面孔,是上级给他们连补充来的新战友。

站在永丰镇外被硝烟熏黑的断壁残垣前,抚摸着弹孔密布的砖墙和墙缝,张富清一边号啕痛哭着,一边一遍遍地、大声地呼唤着连长和战友们的名字。

此后一连几个晚上,他都难过得吃不下饭,也睡不着觉。他背对着战友,蒙着被子默默流泪。

永丰之战,对于西北战场和全国的战局,意义重大。这场战役,不仅粉碎了胡宗南集团在西北战场重点机动防御新战术的军事部署,有力配合了淮海战役,还缴获敌人大量的物资装备,补充了我军的粮食给养。

张富清因为作战英勇,贡献突出,荣立军一

等功，并晋升为副排长。一个月后，西北野战军又根据张富清的突出表现，加授他特等功。

也就是在这年年底，一份由西北野战军发出的报功书，寄到了张富清的老家陕西汉中洋县马畅镇双庙村，送到了他的老母亲手上。

于是，就有了我们在前面说到的那一幕：日思夜盼的母亲不但得知了三儿子张富清还活着，而且还收到了他为人民立了大功的报功书。

张富清立了大功、成了英雄的喜讯，一传十，十传百，一夜之间就传遍了小小的双庙村和整个马畅镇。

十年之后，一九五八年，在张富清和他的战友们流过鲜血的地方，在他的老连长和许多战友牺牲的地方——陕西省蒲城县永丰镇，一处庄严肃穆的、纪念在永丰战役中英勇牺牲的英雄们的烈士陵园落成了。

陵园中央，一座十九点四八米高的烈士纪念碑，巍峨地矗立在蓝天之下，象征着一九四八年这个特殊的年份。纪念碑上镌刻着王震将军亲笔题写的"永丰战役革命烈士永垂不朽"十二个金光闪耀的大字。

纪念碑下的黄土地里,掩埋着五百多名为了人民解放事业英勇献身的无名英雄的忠骨。

正如张富清后来回忆的那样,这些烈士大都没有留下自己的名字。在他们的墓碑上,只镌刻着一颗红色的五角星,象征着他们的军人身份。

清凌凌的洛河水在远处流淌。无名英雄们不朽的忠魂,将化作山塬上的片片彩云,与这片土地上的村镇、河流、田野、草木同在。

风雪大西北

冬去春来,万象更新。张富清和他的战友们一道,在马不停蹄的奔袭中,送走了硝烟弥漫的一九四八年,迎来了一九四九年的春天。

一九四九年,将是一个天翻地覆、改写历史进程的年份。中国人民解放军,将和全国人民一起,迎来新中国的诞生!

一九四八年十一月底的冬季攻势完成后,从一九四八年十二月七日至一九四九年二月十七日,第二纵队在合阳东南地区进行了两个多月的整训。

当时,根据中央军委关于统一全军编制和番号的决定,自一九四九年二月一日起,西北野战军改称第一野战军，二纵三五九旅七一八团改称第二军第五师第十四团。

一九四九年五月，屡次荣立战功的张富清，调入第二军教导团。

一个月后，一九四九年六月，经中央军委批准，第一野战军又组建了第一兵团、第二兵团，第一、二、七军编入第一兵团，第三、四、六军编入第二兵团，张富清进入了第一兵团。

随着一九四九年春天的到来，中国人民解放军向全国进军的号角，吹得更加响亮了！

大西北辽阔的原野上，回响着第一野战军日夜奔袭的脚步声。

从春天到夏天，张富清跟随着部队，不断地转战、奔袭在陕西各地，仗越打越勇猛，脚板也越跑越坚定、越迅捷。

七月，他参加了数场战役，东起蒲城，途经泾阳、咸阳、兴平、扶风，一路向西，一举解放了西北军事重镇宝鸡。

八月，第一野战军指挥部向全体指战员发出动员令：要为解放整个大西北而战斗！敌人逃到哪里，各作战部队就追到哪里，不给敌人片刻喘息机会。

年轻的指战员们只要一听说有仗打，什么苦和累，什么寒冷和饥渴，都全然不放在心上。

这些日子里，张富清和战友们常常披星戴月，长途奔袭，一路上攻城拔寨，所向无敌，势如破竹，也似风卷残云。

八月下旬，张富清所在的第二军已经从陕西打到了甘肃。在兰州战役中，第二军奉命配合兄弟部队作战，于八月二十六日解放了兰州。

从八月底到九月初，第一兵团第一军又从甘肃永靖县北渡黄河，挺进青海西宁。九月五日，西宁解放。

后来，张富清这样回忆一九四九年春夏两季奔袭作战的情景——

打仗虽然没有那么残酷了，但行军却十分艰苦。因为要星夜赶路，经常连饭都顾不上吃，战士们就用缸子、帽子、衣襟、树叶，盛上点食物，边吃边走。有的战士鞋底跑破了洞或者黑夜里跑掉了，也只好光着脚继续奔跑赶路。衣服更是没法换洗的，不知道反反复复被汗水、雨水、血水浸透多少遍了，衣服上都泛出了白白的碱花。

那段日子里，不停地行军、奔袭，张富清竟然记不起曾在哪个地方停留过。

这支英雄的部队，朝着革命召唤着他们的地方一路挺进。

一九四九年十月一日，毛泽东主席站在北京天安门城楼上，向全世界庄严宣告：中华人民共和国成立了！

新中国成立这天，张富清和战友们正跋涉在进军甘肃酒泉的茫茫戈壁滩上，音信不通。新中国诞生的喜讯，他们是在两天后听到的。

队伍里传出了一阵又一阵激动的欢呼声："新中国成立啦！中国人民从此站起来了！"

张富清和战友们兴奋到高高举起手中的枪杆，不少战友紧紧拥抱在一起，眼里奔涌出喜悦的泪水。

新中国成立后的第四天，第一兵团刚刚抵达酒泉，就召开了一个进军新疆的誓师大会。兵团首长号召全体指战员：要把鲜艳的五星红旗，插在巍峨的昆仑山和帕米尔高原。

十月十二日，张富清所在的第二军从酒泉出发，踏上了挺进南疆的漫长路程。

从酒泉到新疆的喀什，全程有两千五百多公里。一路上不仅要穿越茫茫的戈壁滩和荒凉的沙漠，还要翻越常年积雪、荒无人烟的大山。

这对从陕西一路奔袭而来，身上只有一套单衣的部队将士们来说，真是一场极其严峻的、全新的生死考验。大西北的高原和戈壁滩上，已经是风雪弥漫、寒风凛冽的严寒天气了。

身穿单衣的战士们，几乎天天行进在雨夹雪的极寒天气里，每一阵寒风吹来，都像小刀在切割着人的脸颊。

张富清和战友们为了鼓舞自己的斗志，一边在风雪中艰难地向前挺进，一边高唱着一首用王震司令员写的诗谱写的行军战歌：

　　白雪罩祁连，
　　乌云盖山巅，

草原秋风狂,

凯歌进新疆。

这是当时担任第一兵团宣传部部长的马寒冰,根据王震司令员在翻越祁连山时即兴吟诵的几句韵语整理出来,又请作曲家王洛宾谱写成的行军歌曲《凯歌进新疆》。

这首军歌因为曲调简单易唱,又能鼓舞战斗意志,所以深受战士们的喜爱。张富清一直到了老年,仍然能够唱出这首熟悉的战歌。

然而,也有不少战友,没能挺过呼啸的大风雪所带来的极寒天气。

张富清记得,因为条件艰苦,行军路上,戈壁滩上的沙石把鞋底都磨穿了;有上百名战友的脚被冻伤了,无法走路;还有一些体质单薄的战友,挺不住,牺牲了。最终,茫茫风雪,卷走了张富清一百五十多名战友的生命……

凯歌进南疆

荒原上的芨芨草啊,你在风沙里唱着什么歌?戈壁上的月牙泉啊,你在岩石下弹奏着什么音乐?

在沙漠上跋涉过的人,每一滴水都是他生命的甘露,而价值再昂贵的黄金,也不过是一抔尘土。

没有经历过严寒的人,怎能懂得珍惜春日的温暖?你可知道,对跋涉在戈壁沙漠上的人来说,大风雪中哪怕一个小小的"地窝子"(一种在沙漠化地区较简陋的居住方式),也胜过世界上最华美的宫殿。

一九四九年十月十二日,张富清和他所在的

二军的全体将士,高唱着《凯歌进新疆》的战歌,行进在通往南疆广袤无垠的荒原上。

沿路真是满目疮痍!除了一望无际的黄沙、戈壁,几乎看不见什么人烟和树木。偶尔能看见一丛丛红柳、芨芨草之类的沙漠植物,在大风中坚强地摇摆着,宣告着这里仍有不屈的生命存在。

因为当时第一野战军的汽车运力并不那么充足,所以,原本准备用汽车把部队将士们拉往南疆的计划,无法全部实施。汽车只把第二军的将士们送到了天山南麓的焉耆,剩下的路程就要靠将士们徒步行军来完成。

戈壁上的路,当地称为"搓板路",不仅难走,而且费鞋子。所以,只要一走上稍微平坦一点儿的道路时,很多战士都舍不得穿脚上的鞋子,有的就光着脚行军,把鞋子留着走"搓板路"时再穿。

部队走到哈密的时候,张富清和他的战友们都已经习惯了打赤脚行军了,脚底的老茧又硬又厚,战友们戏称这叫"革命的铁脚板"。

以至于部队到了哈密,当新军装、新军鞋发下来时,有的战士竟一时不习惯穿着新军鞋走路了。

入疆之后,张富清作为骨干,调入了第二军的教导团。

十一月底,教导团抵达了阿克苏以北的温宿县。

在吐鲁番度过了寒冷的冬天,教导团继续出发,又徒步行军一千六百多公里,在一九五〇年三月到达了南疆的边城喀什。

喀什的北边是天山南脉,西有帕米尔高原,南部是喀喇昆仑山,东部为塔克拉玛干沙漠,可以说是三面环山,一面敞向无边的大漠。除了高山和大漠,还有叶尔羌河、喀什噶尔河滋润着这片辽阔的冲积原野。两条河流的水,主要来自山区的冰雪融水。涓涓不息的雪水河,形成了较为集中的喀什噶尔河和叶尔羌河两大绿洲。

因此,喀什被誉为"沙漠中的一颗绿宝石"。

进入喀什后,张富清和他的战友们,也开始了军旅生涯中一段全新的征程。

凯歌进南疆

为什么说是全新的征程呢?

原来,这些长年扛枪打仗、习惯了冲锋陷阵的战士,要暂时放下枪炮,拿起镢头、锄头和犁头,一边开荒种地,一边建造营房。

说到开荒种地,他们这支部队有着极其光荣和值得自豪的传统。

早在南泥湾的时候,三五九旅就是开荒种地、开展农业大生产的模范。如今,张富清和战友们,在古老的疏勒川,继续发扬这支英雄部队在战争年代光辉的南泥湾精神,拉开新中国的军垦第一犁。

每个战士都懂得了,当新中国进入了和平建设时期,他们手上的镢头、锄头、犁头,就是新的武器,千里荒原,就是新的战场。于是,一场向荒原要绿洲、要瓜果、要粮食的新战役,开始了。

打起仗来是好样的,开荒种地,张富清仍然是冲锋在前的共产党员和突击队员。

一九五〇年,西北军政委员会为了表彰和奖励在解放大西北中做出贡献的人民解放军指战员,决定颁发"人民功臣"奖章,并制定和公布了《解放大西北人民功臣奖章条例》,于当年八月三日开始施行。

"人民功臣"奖章,是中国人民解放军在西北地区的最高奖章。奖授的对象基本都是在西北作战两年以上的西北野战军指战员,即便是不满两年的,也是功劳巨大(立有一等功)。

一九五〇年,张富清荣获了"人民功臣"奖章。除了"人民功臣"奖章,张富清还在第二军教导团荣立团二等功一次。

但是,在以后的许多年,他从没有把这些荣誉挂在口头上,而是默默地记在心里,作为自己永葆战士的品格、继续奋斗向前的动力。

当胡杨树在戈壁上迎风起舞,谁曾想到,那是古老的地下河正漫过它的根须?当绿色的芨芨草在荒原上摇曳,你可知道,那是它听见了垦荒战士们豪迈的凯歌!

战士自有战士的情怀,战士自有战士的品格。张富清和他的战友们,在祖国的边关,在一个全新的战场上,挥别了一个个寒冷的冬天,迎来了一个个温暖的春天……

远方的召唤

又一个春天悄悄到来了。生活在美丽的新中国的人民，昂首阔步迈进了一九五三年的门槛。可是，在刚刚过去的一九五二年的冬天里，朝鲜战场上一场最惨烈、最艰苦的上甘岭战役打响了。

在上甘岭之战中，许多志愿军战士献出了自己宝贵的生命，他们用年轻的血肉之躯，在上甘岭上筑成了一道打不垮、攻不破的"钢铁长城"！

然而，残酷的战争也把很多优秀的志愿军指战员的生命，永远地留在了朝鲜大地上。

针对这个令人痛心的现实，一九五二年底，

中央军委决定从四大军区紧急抽调一百五十名连职以上干部,作为补充力量,先到北京集中,然后再奔赴朝鲜战场。

一九五三年初,已经在第二军教导团边卡营二连担任副连长的张富清,一听到上级传达的这个指示,立刻报名请缨,申请赴朝作战。

就这样,一个星期之后,张富清和另外四十多位战友一道,离开了边城喀什,离开了刚刚熟悉的南疆,踏上了赶往新中国首都的路程……

这也是张富清第一次去往首都北京。

那时候,从新疆到北京,路途十分遥远,即使张富清他们紧赶慢赶、马不停蹄,掐指一算,也要走上一个多月的时间。

这对张富清和他的战友们来说,简直就是又一次"长征"。

一路上,他们每个人背着半口袋面粉做的"坨坨馍"。这种面食不仅结实,可以充饥,而且可以存放很长时间不会变质,正适合他们当干粮携带。

沿路要补充一下水分也十分不易。只要一走

到某个补给站,张富清和战友们就会把各自的水壶灌得满满的。

实在是太饿了,他们就着水壶里的水,啃几口干硬干硬的坨坨馍,继续赶路。

足足走了一个多月,他们终于到达了北京。

当这批从各大军区抽调来的骨干力量到了北京,正在等待上级组织下达赴朝命令期间,从朝鲜战场传来了一个新的消息:朝鲜战事暂时呈现了缓和趋势。

于是,中央军委指示:这批干部暂时不必赴朝,原地休整一个星期。因为这批骨干干部都是第一次来到北京,组织上就安排他们游览了北京城里的一些名胜古迹,还观看了一些文艺演出。

最后,张富清和战友们一起自豪地站在了美丽的天安门广场上。

多么宽阔、美丽、雄伟的广场啊!徜徉在广场上,张富清在心里使劲地想象着,新中国成立那天,毛主席和中央领导们站在天安门城楼上,向着欢呼的人们挥手致意的情景……

他还想到,今天,此时此刻,他好像不是一

个人站在这里。不,他是代表着他的那些在每一次战役中光荣牺牲的战友,代表着他那位牺牲的老连长、指导员、排长、班长,还有那么多他不知道名字的战友,还有那些仍然坚守在南疆的战友……站在这里的!

是啊,我们一起打了那么多仗,走了那么多路,吃了那么多苦,流了那么多血……不都是为了国家和人民今天的和平与安宁吗?战友们用自己的命,换来了国家的命,换来了一个站起来的新中国。他这样默默想着。他觉得自己应该替那些牺牲了的好战友、好兄弟,好好地多看几眼美丽的首都,多看几眼庄严的天安门城楼和雄伟的天安门广场。

一个星期之后,张富清本来以为,新中国的首都已经看到了,天安门广场、天安门城楼也看到了,现在可以奔赴朝鲜,狠狠地打击侵略者,为那些牺牲在朝鲜的志愿军战友报仇了。可是他没有想到,不久又从朝鲜板门店传来了停战的最新消息,党中央决定取消这批干部赴朝作战的任务,改由组织部门安排他们到中国人民解放军防空部队文化速成中学学习。

　　这样,从一九五三年三月至一九五四年十二月,张富清这批骨干,先后在天津、南昌、武汉这三座城市,参加了文化速成学习。

　　从来也没有正式上过学的张富清,只是在加入人民解放军之后,抽空跟着战友认过简单的字,参加过最基础的扫盲学习。因为不认识字,也不会写信,所以他在部队这么多年,也从来没有写过一封家书。现在,给了他专门学习文化知识的宝贵机会,他感到多么高兴和幸福啊!

珍贵的搪瓷缸子

在张富清身边,有几样他最为爱惜的物品,形影不离地伴随了他整个后半生。其中有一个白底、红字的老式搪瓷缸子,就是他珍爱一生的纪念品。

如今,这个搪瓷缸子表面的不少白瓷都已经脱落了,搪瓷缸子的底部和沿口边缘,有的地方已经生出了锈迹,但是他仍然像珍藏宝贝一样珍藏着它。搪瓷缸子上清晰地印着这样的字样:

赠给

英勇的中国人民解放军

保卫祖国

保卫和平

全国人民慰问人民解放军代表团赠

一九五三年七月，因为《朝鲜停战协定》在板门店签订，上级取消了张富清一行赴朝作战的任务。也就是说，张富清没有到过朝鲜，也没能加入中国人民志愿军的行列。那么，他为什么也能得到这样一份珍贵的纪念品呢？

原来，一九五四年二月五日，全国政协在北京召开了一次重要会议，会议通过了一项决议：由全国各民主党派、各界、各民族、政府机关各部门、中国人民志愿军，以及工农业劳动模范、烈属、军属、妇女、少年儿童等各方面代表共五千多人，组成"全国人民慰问人民解放军代表团"，并由当时的政务院副总理董必武担任慰问团总团长。慰问团分成若干个分团，分赴全国各地部队驻地，开展慰问活动。

这个时候，张富清这批抽调来的骨干，已经被安排在南昌的防空部队文化速成中学学习。

在这里，张富清像一个初进学堂的小学生一

样,闻鸡起舞,奋发图强,彻底甩掉了自己过去那顶"睁眼瞎"的"帽子"。

速成中学的文化学习需要考试,实行的是五分考核制。

经过一段时间的勤奋努力,张富清不仅能看书了,还能自己写信、写决心书了。毕业考试时,他的语文、算术、自然、地理、历史等课程,都在四分以上。

以前在部队里长年行军打仗,朝发夕至,根本就没有一个固定的地址,加上自己不识字,不会写信,所以他从没给家里写过一封家书。

现在好了,他自己会写信了!

在南昌学习期间,他也终于有机会回一趟久别的老家,回到汉中洋县双庙村,看一看自己的老母亲了。

"全国人民慰问人民解放军代表团"也来到了南昌,慰问了驻扎在南昌的防空部队,慰问了正在这里学习的张富清他们这些来自各部队的优秀骨干。

慰问团到来的那天,张富清是多么欣喜啊!

他和一起在这里学习的战友们,每人获得了一块纪念章和一个白底红字的搪瓷缸子。

"解放军同志,你们辛苦啦!这块纪念章和这个搪瓷缸子,代表全国人民对你们的感谢和致敬哟!"慰问团里有位老工人代表,笑着对大家说道。

"真是不敢当呀,老同志,我们又不是志愿军战士,也没有到上甘岭上去流过血……"有的战友故意打趣说。

"可你们也是祖国的功臣、人民的子弟兵嘛!"老工人说,"在这里学文化,一样也是为了保卫国家、保卫和平嘛!全国人民信任你们,无论在什么岗位上,你们个个都是好样的,都是祖国的英雄儿女!哈哈哈……"

听了这位老工人的话,张富清感动得眼睛都湿润了。

他想:自己为党、为国家、为人民做的贡献,还远远不够呢!而党、国家和人民,却给自己送来了这样的慰问和荣誉,这是多大的情分啊!今后这一生,我应该怎样去报答伟大的党、亲爱的国家和人民呢？

这天晚上，熄灯号早已吹过了。满天的星星，闪烁在南昌这座"英雄城"的夜空中。

张富清躺在床铺上，翻来覆去，难以入眠。

他想到了党的恩情，想到了国家、人民和部队首长对自己无微不至的关怀和培养，这个哪怕在最残酷的战斗中也不曾流泪的汉子，在夜色里悄悄地、无声地流下了感激的泪水……

从此以后，这块纪念章和这个搪瓷缸子，就一直伴随在他身边，至今已六十多年，成了他一生中最珍爱的物品、最宝贵的一段记忆……

到最艰苦的地方去

在中国辽阔的大地上,凡是山川青翠、画山绣水的地方,也总会诞生一些美丽的传说。

来凤县,地处鄂西南边陲,是恩施土家族苗族自治州的一个山城。一条蜿蜒曲折有九百五十里长的酉水河,穿过这里的湘鄂交界处,滋润着世代生活在这片清幽山水间的土家儿女、苗家儿女,以及瑶族、汉族等十几个民族的兄弟姐妹。酉水河东南边,是湖南龙山县,酉水河西北边,是湖北来凤县。

来凤,来凤,有凤来仪。顾名思义,"来凤"这个县名,与传说中的凤凰来仪有关。来凤是在一七三六年(清朝乾隆元年)才开始设县的。今天，人们走到来凤县里，还会听到许多与"有凤来仪"相关的民间风物故事，看到不少与凤凰有关的街道名，如"凤头姜"的传说、"凤翔大道"等。

人们把美好的期待和心愿，书写成为美丽的传说。土、苗、瑶、汉等十几个民族，友好和谐地居住在这片青山绿水间，创造了属于这里的独特的历史和文化，也形成了别具特色和情味的生活风习。

然而，这里毕竟地处偏远。在新中国成立初期的那段岁月里，来凤县无论是交通设施还是地方经济，都不太发达，属于湖北乃至全国范围内一个十分贫困和落后的县城。

当地百姓也有几句俚语，形容这个多民族聚集地的自然环境和贫困面貌：天无三日晴，地无三里平，人无三分银。

一九五四年十二月，张富清从速成中学毕业了。

此时，新中国刚刚踏上社会主义建设征程，很多地方一穷二白，百废待兴，亟须大量优秀的干部到地方上去工作。

于是，中央军委决定，让张富清他们这批已经从速成中学毕业的干部集体转业，分赴全国各地，去领导地方上的工作。

在人民解放军这座大熔炉里摸爬滚打了这么多年，张富清对部队有着深深的感情，早已把部队当成了自己最温暖的家，把首长和战友们视为自己最亲的亲人了。

现在要脱下军装，退役转业到地方上去工作，说实在的，他心里是非常不舍的。但是，一想到这是党的号召，是祖国和人民的召唤与需要，他就不容自己有半分迟疑和犹豫。

当时，摆在张富清面前的，有好几种选择。一是选择留在大城市里工作。无论是哪座大城市，都比偏远地方的县城和农村要繁荣舒适得多，自己未来发展的机会和空间也会很多、很大。二是选择回到陕西老家去工作。多年来，老母亲和兄弟妹妹在老家日思夜盼，等着他能早日回家团聚。更何况，这时候他已经和在家乡的那位心爱的姑娘孙玉兰订好了婚约，贤淑的未婚妻也希望他能早日回老家成婚,一起过上美满的小日子。

多年之后,张富清这样回忆说:"哪个人不想到好一点儿的地方去呢?从内心里说句实在话,我当时最想去的地方,就是汉中老家。但我没有说出口。因为作为党和国家培养出来的干部、共产党员、革命军人,我觉得自己应该服从组织的召唤,到最艰苦的地方去,越艰苦越向前,应该去改变那里的穷面貌。"

当时,他们这些在速成中学学习的干部,已经由南昌转到武昌。上级领导在向他们这些即将脱下军装的干部介绍各地的情况时,还特意说到,恩施地区因为地处偏远的鄂西山区,经济十分落后,工作条件非常艰苦,因此也最需要干部。

张富清听了,二话没说,举手报名:"让我去那里吧,共产党员、革命军人,从来就不怕吃苦!"

"富清同志,你还有时间再考虑一下。组织上也了解到了,你的老母亲,在老家正等着你回去照料；你已有一个未婚妻，也在老家等着你……"领导恳切地说。

"自古忠孝难两全。"张富清诚恳地对上级领导说道，"我相信，母亲会理解我的。到最艰苦的地方去，到祖国最需要我的地方去，这是党和人民在召唤我。请组织信任我，无论那里多么艰苦，我都不会后退的！我知道，现在我们国家苦的地方、累的地方、条件差的地方有很多。如果大家都待在大城市里，那些地方谁去啊？共产党员不去，哪个去啊？"

张富清深知，自己做出的是一个受党培养、受部队教育多年的共产党员应该毫不犹豫地做出的选择。

不久，正在洋县农村里担任妇女主任的孙玉兰，接到了张富清所在的部队写来的一封信，信上告知她，张富清即将转业到地方上工作，希望她尽早来武昌，办理与张富清的结婚事宜。

那时候，作为一名军人的未婚妻，孙玉兰是非常自豪的。

部队上的一封来信，也让她感到了无比的

激动。

这位从未出过远门的年轻的妇女干部,特意扯了几尺花布,给自己做了新裤子和新袄,提上一个小包裹,里面装着几个干馍馍,就到武昌来找张富清了。

她原本以为,张富清要转业到地方,不是回老家,就是留在武昌。然而到了武昌她才知道,张富清已经决定要带着她到恩施去了。

"恩施在哪里?远吗?"她还从来没听说过这个地名,更无法想象恩施会是什么样子。

"有点远,但是不用怕。"张富清安慰她说,"总比我们部队当年从内地出发,走了一个多月才到南疆要近一些的。"

在武昌办理好结婚证后,两个年轻人登上了一艘溯长江而上的小客轮,义无反顾地朝着鄂西方向而去。

部队发给的一个皮箱,还有一副军用铺盖,是这对新婚小夫妻的全部行李。

皮箱里有一个小小的红布包裹,包着张富清在部队里历年来荣获的立功证书和奖章。这些立功证书和奖章，在此后漫长的岁月里，一直被张富清深藏在皮箱里，从来也没有拿出来对人炫耀过。以至于在此后的六十多年里，整个恩施和来凤县没有人知道，他是一位战功赫赫的英雄。甚至连他的妻子孙玉兰，也不知道深藏在皮箱的小包裹里的那些物件，到底有着多重的分量！

除了一个小红布包裹，皮箱里还有一个我们在前面提到过的白底红字的搪瓷缸子。这个搪瓷缸子，也伴随着张富清夫妻俩，从武汉到了宜昌，又到了巴东县，在巴东县下了船，换乘汽车，开往恩施，又从恩施继续往山区走，一直走到了来凤县……

今天，从武汉到恩施和来凤，坐动车也不过四个多小时的车程，如果坐飞机到恩施，时间就更短了。可是，一九五四年的时候，张富清夫妻俩从武汉走到来凤，前前后后，一路颠簸，竟然走了十多天！

而这时候，在张富清的老家双庙村，原本期盼着富清和玉兰能回老家办喜事的老母亲和兄弟妹妹，只能空盼一场了。

为了等到弟弟带着弟媳回来，张富清的二哥还特意把家里养的一头猪也给卖掉了，准备把换回来的一些钱给弟弟办喜事用。

但是二哥哪里知道，弟弟富清和弟媳玉兰，这时候已经在千里之外的偏远山区鄂西来凤县安下自己的小家了。

清贫的日子

张富清到达来凤县后的第一个工作岗位,就是担任来凤城关粮油所主任。

一到来凤,张富清夫妻俩就受到了切身的穷困教育。这里的贫穷和艰苦,远远超出了他们的想象。

就说他们在来凤安下的那个小家吧,哪里有一点儿家的样子呢?一间最简易狭小的宿舍,是从房东那里租来的,屋子里只见四处漏风的墙壁,连一块床板都没有。

自己吃点苦头倒没有什么,什么样的艰难困苦也压不倒张富清,但他不想让新婚妻子太受委屈。孙玉兰二话没说,义无反顾地跟着他,一路颠簸来到了这里,他可不能让玉兰连一块薄薄的床板都睡不上啊!于是,张富清赶紧找人借来一块床板,用自己的简易行军铺盖,给玉兰搭起了一个小窝。

当时,也有来凤当地的一个同事劝他说:"来凤这个鬼地方啊,天无三日晴,地无三里平,人无三分银。我看你们小夫妻俩呀,在这里根本生活不下去的,不如趁早卷起铺盖走吧。要知道,来来凤易,出来凤可就难啦!"

张富清笑笑说:"我好像听说,这里也是有凤来仪的地方嘛!我既然来了,就决不会离开的。我就不信,在这里扎不下根来。不仅要扎下根,我还要扎一辈子哪!"

后来的岁月已经验证了,张富清果真说到做到,没有食言。他和孙玉兰相濡以沫,在来凤一直生活到了今天,不知不觉,与这片山川大地相依相守六十多年了。

在粮食短缺、国家实行粮食统购统销的年代里,粮油所主任这个位置,权力很大,责任和压力也很大。

当时，整个粮油所里只有一台碾米机，细米的供应难以得到保障，粮油所经常只能供应一小部分细米，再加上一部分未完全脱壳的粗米。

城关的一些居民手里拿着粮票，却买不到细米，对粮油所意见不小，时常和粮店的服务员发生口角。

有一天，一家国营单位的管理员来粮店买米，提出只要细米，一点儿粗米也不要搭配，口气听上去十分强硬。

那天正好是张富清在粮店值班。

"现在没有多余的细米，只有粗米。"张富清态度诚恳地解释说。

"这个我不管，我只要细米！"

"同志，我知道你是国营单位的，可是你们要吃饭，群众也要吃饭，细米的数量是有限的，我们目前只能按规定供应。这样吧，等粮店有了细米，再通知你，好不好？"张富清的答复，让这位态度强硬的管理员既心生不满，却又无言以对，只好按照规定，粗细搭配着买了些米，快快地走了。

不久，这家国营单位的负责人直接找到了县里的一位分管领导去告了张富清一状。分管领导"提醒"张富清说："该照顾的单位，还是要照顾一下哟。"

张富清一听这话，当兵的脾气就上来了，当场就辩驳道："在粮食供应上，我们坚持一视同仁，杜绝任何特权和照顾，坚决不能违反党和国家的政策！"

分管领导当然也知道张富清的脾性，就只好笑笑说："你做得对，党和国家的政策当然是第一重要的！"

不久，张富清又想了很多办法，来解决粮食供应中的难题。

他先是发动社员，前来帮忙加工带壳的谷米。后来觉得这样也不是长久之计，就又想方设法，从外地辗转买回来几台碾米机，办了一个小型的谷米加工厂，彻底解决了细米的供应难题。

问题解决了，之前那个前来买米的管理员，后来又见到张富清时，还主动微笑着走上前来，向张富清道了歉。在别的场合，他还跟人称赞说:"粮油所的那个张主任,不愧是从部队下来的好干部,做事公正无私,一身正气。"

所里的同事在外面听到了这样的话,回来说给张富清听。

张富清连忙摆摆手,笑着说:"不敢当,不敢当。组织上让我到这个岗位上工作,不是摆样子、拿架子的,就是为了好好给群众服务,及时解决工作中的困难和矛盾的嘛。否则,要我们共产党员干什么?"

一九五六年一月,张富清因为工作勤勤恳恳,总是吃苦在前,深受粮油所的干部和群众称赞,被提拔为来凤县粮食局副局长。一年后,他又被任命为来凤县纺织公司经理。

因为工作出色,一九五七年三月,张富清被县委组织部派往恩施地委党校学习两年。学习结束后,一九五九年三月,组织上又调他到来凤县北部的三胡区,担任副区长。

可是,就在这时,从洋县老家传来一个噩耗:他的老母亲病危了。

谁言寸草心

一位艺术家曾经说,当我能够叫出"母亲"这甜蜜的称呼,而母亲又能够听见的时候,谁又能比我更幸福呢?

一位深明大义的母亲,往往是儿女们的"第一所学校"。中国几千年历史上,有许多忠贞报国的好儿女,都是母亲教导出来的。这些母亲,可能一生都不认识几个字,但她们称得上是最伟大的教育家。

一九六〇年初夏时节,正在来凤县北部十分贫困的三胡区担任副区长的张富清,在不到二十天的时间里,一连接到二哥从汉中老家发来的两封电报。

第一封电报告知张富清：老母亲病危。亲人们当然希望张富清能尽快赶回老家，与母亲见上最后一面。

张富清的父亲是一九三二年病故的，那时张富清只有八岁。是刚强的寡母用柔弱的肩膀担起了全家的重担，含辛茹苦地把几个尚未成年的孩子拉扯大。母亲一生所经受的艰难困苦，张富清都看在眼里，疼在心上。尤其是他在外面行军打仗的那些年里，音信全无，母亲在家里日思夜盼，牵肠挂肚，熬白了头，也操碎了心。在张富清心中，"母亲"这两个字重若泰山。

如今，母亲病危，怎能不回去看她老人家最后一眼呢？

可是，当时张富清正在主持三胡区一项重要的培训工作，实在是难以立刻动身返乡。

他在暗夜里独自流着眼泪，默默望向汉中家乡的方向，祈求老母亲能转危为安，再等待他几天。

因为一时无法赶回老家，张富清就借了二百元钱，汇给了二哥，给母亲买点营养品。这是他当时唯一能表达自己一点儿孝心的方式了。

可是没过多久,第二封电报又送到了他手上:母亲已经走了!

捧着电报,张富清心如刀绞,紧咬着牙关,独自躲到没人看见的空旷地方,朝着家乡的方向,扑通一声跪在了地上。

此刻,他再也忍不住内心的悲痛,放声号啕大哭起来。

遥隔着茫茫山川,他重重地磕了三个响头。

随后,站起身来擦干眼泪,重新回到了自己的工作岗位上。

一直到母亲去世后的第二十八年,离休后的张富清才得以踏上回乡的路途,祭拜了自己的母亲。

对母亲的愧疚,是张富清心里永远的痛。他曾这样回忆过自己当时的心境,以及对一生艰辛的老母亲的愧疚与感念:"母亲去世时,虽然工作任务繁重,脱不开身,但只要我请假,组织上一定会批准的。我之所以没能回去,一是路途实在太远了,没有十天半月回不了家。不难想象,等我到了家，母亲头七已过，早已安葬，更不可能见上最后一面。还有一个原因，就是钱也不足。我当时一个月的工资三十多块钱。借来汇给老家的二百元钱，后来我用了两三年时间才算还清。更主要的是，我不能给组织找麻烦，当时就想，干好工作，就是对亲人们最好的报答。"

二〇一六年五月十三日，已经九十二岁的张富清，又在笔记本上写下了这样一些文字，再次表达了自己对母亲的愧疚与感念："每个人都会老去，缺席了陪伴母亲衰老的时光，等到想要弥补的时候，也许剩下的只是永久的遗憾。养老是每名子女不可推卸的责任和义务。多抽点时间陪陪父母，和他们一起慢慢地变老，把辛劳和孤独从他们身边赶跑，把幸福的笑容长久地定格在他们的脸上，让他们享受欢乐安详的晚年。"

谁言寸草心，报得三春晖。没有好父母，哪来的好儿女？没有好儿女，哪来的好家园？英雄儿女们拥有忠贞报国的忠心，同时也从来不会缺失对父母的孝顺和敬爱之心。

默默奋斗的人

二十世纪五六十年代,来凤县真是一个苦不堪言的地方。三胡区,又是来凤县里最苦、最穷的地方。

当时,来凤有一个"穷三胡、富卯洞"的说法。意思是说,卯洞那里因为有码头、船厂和林场等社办企业,相对来说比较富裕,县里要修一个电站,还得找卯洞借上点资金。可是,三胡这里呢,用老百姓的话说,就是穷得叮当响。

张富清来到三胡区后,也亲眼见到了这里的穷有多么让人触目惊心:很多群众几乎顿顿是"以瓜代饭",没有粮食吃,只能顿顿吃南瓜、野菜、萝卜缨子,更有不少群众用麻线把一些破烂布片连起来当衣服，勉强裹体。

已经进入新社会了，怎能让百姓们还过着这样的穷日子呢？张富清面对三胡百姓每天过的苦日子，心情十分沉重，感到自己肩上的担子千钧重。党把自己派到这里来，不就是为了发挥一个共产党员应有的作用吗？不就是为了攻坚克难，改变这里的贫穷落后面貌，让百姓过上好日子吗？如果来到这里，只是每天坐坐办公室，不能尽到自己的责任，岂不是辜负了党的教导？辜负了党和部队多年的培养？

每每想到这些，张富清就暗暗下定决心，一定要甩掉三胡贫穷落后的帽子，让这里的百姓们吃上一碗干饭。

他的想法和决心，就是这么简单和朴素。

他开始走村串户、访贫问苦，住进了三胡最偏远的村子、最穷苦的乡亲家里，和乡亲们同吃同住同劳动。

在乡亲家里，无论吃的是玉米、南瓜、土豆还是红薯，他都会按规定留下粮票和伙食费。一顿饭半斤粮票，一天三角钱的伙食费，一个月三两油票，毫厘不爽。

一九六〇年前后，来凤县不断遭受严重的自然灾害。仅一九五九年，全县就连续干旱达八十二天，不少地方颗粒无收。一九六〇年又连续干旱四十二天。

贫困的现实，让当地百姓对未来几乎失去了信心，也看不到希望。对张富清这样驻村的干部，群众更是缺乏信任感。

张富清想组织劳动力投入生产，有人就说："我们连饭都吃不饱，哪来的力气干活儿？"

看来，要取得群众的信任，唤醒群众的干劲，只有依靠与群众同甘共苦、当好人民勤务员的实干精神了。

明白了这一点，张富清横下了一条心：脚踏实地，艰苦奋斗，用自己的行动去唤醒和激发乡亲们改变家乡面貌的力量与信心。

一条艰辛的路，摆在他的脚下。

每天，他坚持和乡亲们一起出工、收工，累得实在受不了了，就在田间地头躺一躺，恢复一下体力，接着再干。

在很长一段时间里，他手上起的血泡没间断过。背粪上山，挑水浇地，老乡们背多少、挑多少，他也背多少、挑多少。

群众没有干饭吃，只能喝稀饭，他也没有什么两样。

有时饿得受不了了，就悄悄跑到水井边，舀上点清水喝，也算解解乏吧。

人心都是肉长的，张富清的一举一动，乡亲们都看在眼里。

渐渐地，大家对张富清有了新的评价：看来，张副区长真不是来三胡坐办公室的，我们村来了个好干部……

这个好干部的名声，很快就在三胡区和周边的十里八乡传开了。有了这样踏实苦干的带头人，乡亲们觉得，改变贫穷落后的面貌不再是一句空口号了，明天的日子有盼头了。

直到今天，生活在三胡的乡亲们中间，还流传着这样一件事：有一天晚上，张富清从村里回区里开会。因为白天干了一天的农活，又吃不饱饭，身上一点儿力气都没有了，走起路来双腿都在打战。经过了一段山路，在过一座小桥时，张富清又累又饿，两腿不听使唤了，竟一头栽进了河水里。

幸亏身边有一个同行的人，赶紧把他救了上来，送到了最近的卫生所里。

妻子孙玉兰得知消息，赶紧跑来看他。

看到张富清身上的伤，孙玉兰心里一阵难受，但也只能心疼地说："你真是命大啊！"

妻子一直都知道，张富清在战场上受过伤，右腋下曾被燃烧弹烧伤过，留下了黑乎乎一大片伤痕。他的头皮也被弹片揭开过，牙齿也被剧烈的爆炸震落过。

这些旧伤，一到潮湿的天气就隐隐作痛，更不要说，他天天还在从事那样高强度的生产劳动了。

一想到这些，孙玉兰不由得心疼地、试探着劝他说："富清，要是实在扛不住了，你可不能硬撑下去。要不，你就跟组织上讲一讲？"

张富清当然明白，孙玉兰这是在心疼他、担心他。

默默奋斗的人

但是这时候，群众的干劲和盼头，刚刚被激发出来，关键时刻，他怎么能打退堂鼓呢？

"解决群众的吃饭问题，迫在眉睫，共产党员不干，靠谁干？在困难面前，共产党员不吃苦在前，你让群众吃苦在前？"张富清的态度十分坚决。

"可是，你也不是铁打的。"孙玉兰低声说。

"谁说不是铁打的？"张富清笑了一下，安慰妻子说，"在部队的时候，我的老连长、指导员就多次跟我讲到，共产党员就是用特殊材料铸成的，比铁还硬，比钢还强。你放心吧，这点苦头，这点困难，击不倒我的。"

"反正我怎么说也说不过你。"孙玉兰摇摇头。

"你不用担心我。我有信心，坚持下去，就是胜利。"就这样，张富清等三胡区的领导干部，默默苦干了数年，使全区的粮食产量有了大幅增加，也使三胡的百姓们胜利渡过了二十世纪六十年代初极其严峻的"三年困难时期"。

更重要的是，三胡的百姓从这位默默奋斗的

人身上，看到了一个共产党员、一个基层干部心系百姓、不畏困难、敢于担当，与百姓们同甘共苦、攻坚克难的朴素本色和艰苦奋斗的优良传统。

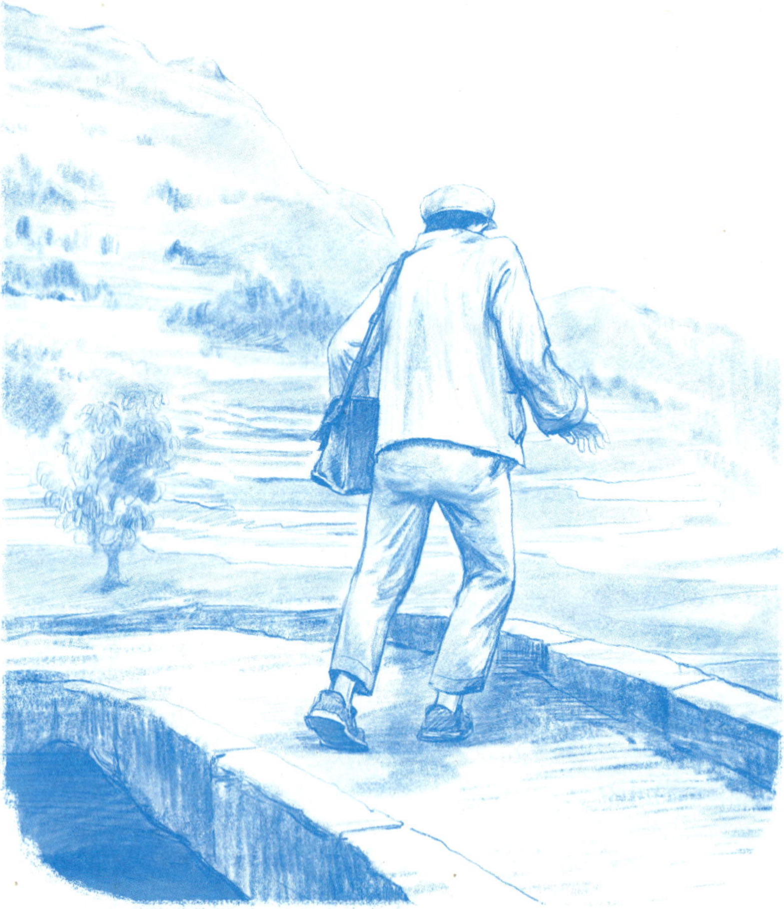

老兵本色

岁月不居,时节如流……

一个真正的共产党员,总是会自觉担当起党和人民所赋予他的光荣职责,勤勤恳恳、任劳任怨地解答着前行中遇到的每一个难题,步步向前,无怨无悔地奉献出自己对党和人民的事业的全部赤诚、心血与力量。

从张富清脱下军装到地方工作开始,到一九八五年一月他从工作岗位上光荣离休,再到二〇一九年这六十多年间,他一直深藏着自己在战争年代里的功与名,在一个个平凡的工作岗位上,默默奉献着,贡献出了自己的全部精力。

一九八五年一月,刚刚从来凤县建设银行副

行长岗位上办理了离休手续的张富清,轻轻敲开了办公室主任的门。

"哎呀,是老行长来了!您有什么指示,打个电话让我去不就行了?还用您亲自过来?"办公室主任赶忙站起身迎上去说。

"就你这个嘴巴甜!我一个离休的老人了,能有什么指示?"张富清和蔼地笑着说,"从现在起,我就是一个离休人员,不再参与行里的工作了,但有一个事,我还放心不下。"

"老行长,您是老革命,今后不论有什么事,您尽管吩咐!"

"是这样子的,我工作上已经离休了,但政治学习和思想上不能离休。我是想来提醒你这个主任一句,今后,建行党支部的活动,不要忘了通知我呀!按时参加党组织活动,这是我这个老党员的郑重要求。"

"哎呀,您到底是一位老革命,政治觉悟就是高。"办公室主任竖着大拇指,连连说道,"您放心,老行长,今后党组织的工作,还需要您这位老党员、老革命多多指导呀!"

"指导谈不上,积极参加组织生活,保持清醒的组织纪律观念,多做批评和自我批评,这是每个共产党员的本分,像我这样退出了工作岗位的老兵也不能例外。"在后来的许多年里,每逢银行党组织活动,张富清总是准时参加。经常是还没到交党费的日子,他就早早地来交党费了。

二〇一二年,张富清已是八十八岁高龄了。

这一年,他的左膝出现了严重的脓肿。经过多次诊断和治疗,也不见好转,最后医生建议,为了避免恶化,最好施行截肢手术。

"真没想到,战争年代里打了那么多仗,腿都没丢掉,如今活到了和平时期,过上太平日子了,却要把腿锯掉了!"这对张富清来说是一次艰难的选择。

"没有了一条腿,今后我是不是就是一个废人了?什么都干不了,还要拖累孩子们。"他叹着气对老伴说。

"你要是不听医生的建议,万一连另一条腿都保不住了……那我和孩子们真要懊悔一辈子呀!"老伴一边安慰,一边鼓励张富清说,"有两条腿时,你是一个顶天立地的老兵,剩下了一条腿,我相信你还是一个顶天立地的老兵。"

就这样,张富清没再犹豫,毅然走上了手术台。

手术后没多久,张富清就用一条独腿努力支撑着身子,先是沿着病床,后来又试着扶住墙壁,开始练习走路。

"老头子,你这是在干啥呀?有什么事你喊我嘛!"老伴又是心疼又是担心地说,"你这要是一不小心摔倒了,不得要了老命?"

"我不能给组织上添麻烦,也不能成为儿女们的累赘。"张富清坚定地说道,"我得及早练习着自己站起来,至少应该做到生活自理。"

"孩子们不是给你买回了轮椅吗?"

"不,我不能坐到轮椅上去,时刻等着你们照顾。你不是说过,剩下了一条腿,我还是一个顶天立地的老兵吗?"老兵自有老兵的性格,老兵自有老兵的坚忍、刚强与尊严。

就这样,已经八十八岁的老兵张富清,不知摔了多少次跟头,也不知流了多少汗水。一次次

老兵本色

摔倒了，又一次次艰难地爬起来，挺立起来。

经过了将近一年时间锲而不舍、坚忍不拔的练习，他终于成功了，可以独自拄着助步器上下楼，甚至到街上去买菜，在厨房里帮着老伴炒菜、做饭了。

"父亲真不愧是一个久经沙场的老兵，死神、困难、病痛，都奈何不了他！"儿女们看到父亲每天拄着助步器，自立自强、不服输的精气神儿，由衷地心生敬佩，为有这样坚强的老父亲感到自豪和骄傲。

银行的党员们也都记得，二〇一七年的一天，银行的老干部支部正在举行党员学习活动。让大家感到吃惊的是，已经九十三岁的张富清，由八十二岁的老伴搀扶着，拄着助步器，拖着伤腿，竟然一步一步地挪上了三楼，出现在会议室门口。

看到这位九十三岁高龄的老党员，气喘吁吁地站在了门口，所有人肃然起敬，都不约而同地站立了起来。

主持会议的一位同志快步跑上前去，满怀歉

意地连声说道："哎呀，张老，对不起，对不起，是我们疏忽了。"

张富清老人却慈祥地笑着说："不怪你们，不怪你们，我永远是党的人，只要还走得动，就不会请假！"

在离休后的日子里，这位有着七十多年党龄的老党员，多次被县里、州里和省里评为"老有所为"的模范党员。

晚年的张富清，特意为自己准备了一张小小的书桌。几乎每天，他都要坐在这张小书桌旁看书、读报、写学习笔记，或者收听和收看国际、国内和军事新闻。

后来，细心的人们发现，张富清的小书桌上，有一本《习近平总书记系列重要讲话读本》，黄色封皮已经翻得泛白了，书页里到处都是醒目的红色圆点和波浪线。这是老人在阅读时仔细画下的标记。

在空白处，还记下了不少他阅读这本书时的感想。例如在第一百一十页上，就写下了这样一段话：要不断改造主观世界，加强党性修养，加

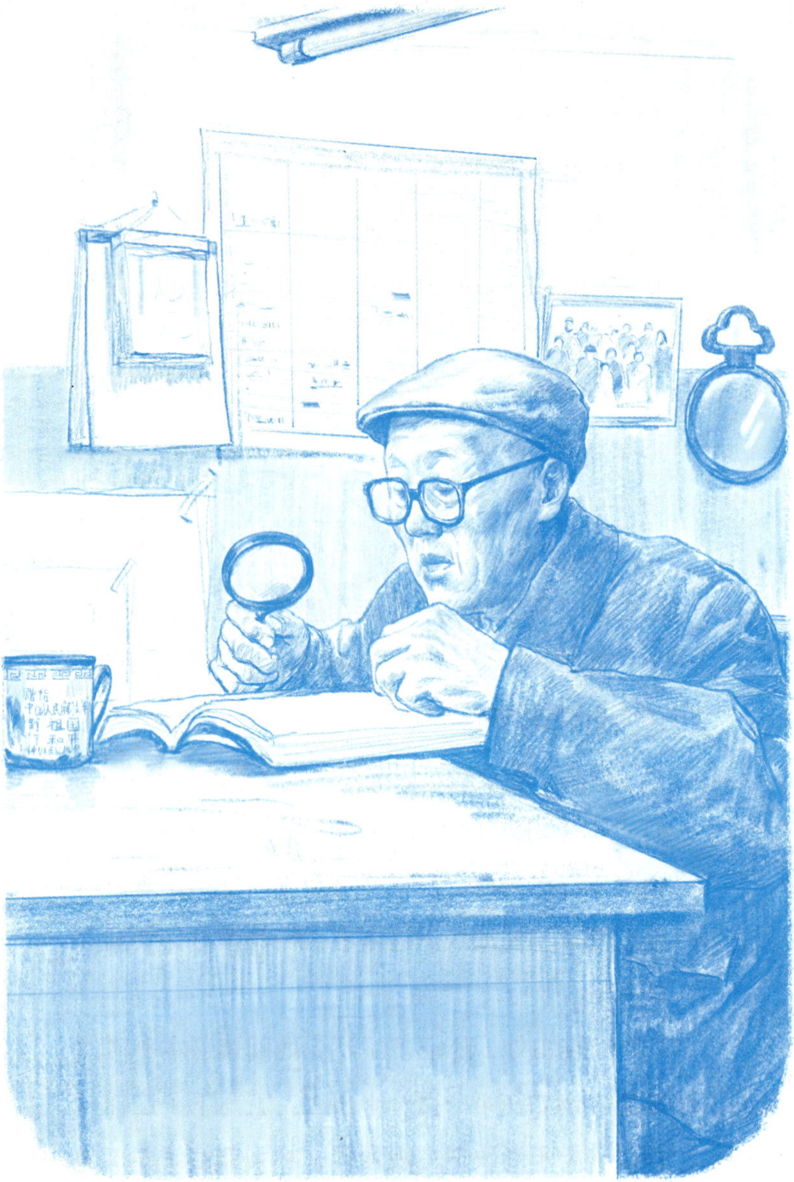

强品格陶冶，老老实实做人，踏踏实实干事，清清白白为官，始终做到对党忠诚、个人干净、勇于担当。

有人曾对他说："您都这么大年纪了，该好好享享清福，怎么还每天读书、看报、学习啊？"

张富清回答说："不认真学习，怎么知道党的理论和政策，怎么能说听党的话、跟党走？"

"可您都离休这么久了……"

"虽然离休了，但我永远是党的人！只有不断地学习，才能跟上党的步伐。"

他还给小孙子和小孙女讲过自己学文化的经历。小时候因为家里贫穷，他一天学也没有上过。参军入伍后，连队里上军事课、上教育课，他一个字也不认识，更写不出来。有一次在战斗中，他的战友给他送来一张纸条。他拿着纸条左看右看，也不认得上面写的是啥。

当时真是干着急，明明是一个写得明明白白的紧急通知，自己却一个字都认不得，差点误了大事。所以，后来他下定决心，要刻苦学习文化。

"爷爷,那时候你们天天行军打仗,怎么学习文化呀?"孩子们问。

张富清告诉孩子们说:"部队的老首长曾告诉我,当年红军长征途中,有的红军小战士,也是从小放牛、砍柴的苦孩子,从来也没有进过学堂,斗大的字识不了一箩筐。怎么办呢?不识字,没有文化,怎么去写标语、宣传革命道理?于是,在打仗间隙和行军途中,有的小战士就发明了一种'看后背'识字法。每当长途行军的时候,他们就把一些难认的生字写在纸上,然后贴在前面的战士的后背上,一边走路,一边认字,一遍一遍,学会了、记牢了一个生字后,再换上另一个生字。所以,首长就教我们也用这种方法来识字、学文化。每次行军,都把写好的字贴在前面的战友的背包上,还一边走一边看,一边在手上画一画。到了速成中学学习时,别人晚上熄了灯,我还要拿着小手电筒,在被窝里再学习一会儿。"

"原来是这样啊!"孩子们睁大好奇的眼睛听着爷爷的讲述,满怀敬佩地说道,"爷爷,您真了不起！"

"爷爷有啥了不起啊？这就叫笨鸟先飞吧！"张富清慈爱地笑着说，"你们看，爷爷的小桌子上总是放着这本《新华字典》，一有时间就靠着它自学起来，这本字典就像是我的一个老师呀！"

纪念碑下的小花

中国民间有个说法：仁者寿。意思是说，心地仁慈、与人为善的好人，就会长寿。《礼记·中庸》也说，有大德者，必得其寿。意思是说，道德崇高、怀有仁爱之心的人，一定能够长寿。

这些品德，不正是中华民族千百年来沉淀下来的传统美德吗？而这些美德，在张富清老人身上，一样也不缺少。

自从离休后，张富清一家一直住在银行最早的一个宿舍区里。随着时光的不断推移，原来住在这个小区里的老邻居们，都陆陆续续地搬走了，有的搬到了别处的新楼房里。

慢慢地，这个旧小区的老住户，就只剩下张

富清一家了。

楼房一看都是过去年代的，有些低矮、狭窄，甚至破旧。但张富清一家人在这里一住就是几十年，亲情怡怡，安之若素，从来也没觉得有什么寒碜和简陋。

张富清曾对老伴念叨过，再怎么说，也比在战争年代睡"地窝子"，比刚来来凤时住的漏风的板壁房子强得多吧？

唯一让他感到失落的是，过去的那些老同事、老邻居都搬走了，新住到这里的人，他几乎一个都不认得。

当然，别人也都不认识这位九十多岁高龄，有时会挂着助步器到楼下散散步的老爷爷。

人们只知道，他曾是一位老兵，打过许多仗，吃过不少苦头。艰苦的年月，损害了他的身体。后来，他又失去了一条腿。

可是，住在这里的人都不知道，老爷爷年轻时到底经历过什么。除了和他相濡以沫几十年的老伴，就连他身边的儿女、孙辈，也不太清楚他过去的经历。在他房间的阁楼上，存放着一个棕色的、很旧很旧的皮箱。那是他转业时，部队发给每个老兵的，这个旧皮箱伴随他七十多年了。

皮箱里会藏着些什么呢？他的孙子、孙女和外孙，一直都很好奇。有好几次，小孙女然然躲在门后看到，爷爷在望着那个旧皮箱发呆，好像回忆起了什么往事……

有阳光的日子里，张富清喜欢一个人默默地拄着助步器，挪到楼下，坐在墙边，久久地望着正在绿草地上玩耍的孩子们，仔细听着他们银铃般的笑声。

他的眼里，闪耀着泪光，又饱含着欣慰。

离这个小区不太远的地方，有一座烈士陵园。陵园里，长眠着长征时期牺牲在这里的几位红军将士。

张富清记得，这是他到来凤县之后的第四年建成的。

在这座陵园里，矗立着一座用青石砌成的革命烈士纪念碑，碑座四周分别刻着毛主席的话，还有贺龙元帅的题词。

天气晴朗的时候，或者每逢建军节、清明

节，张富清会叫上家人，特别是要带着孙子、孙女和外孙们，到这里坐一坐、走一走，瞻仰凭吊一番。

一九九七年，香港回归那天，从来不熬夜的张富清，守着电视看到了午夜。第二天，他约上孩子们，一起来到烈士陵园里凭吊，告诉他们香港终于回到了祖国的怀抱。

两年后，澳门也回到了祖国的怀抱。他依然是熬夜看完电视实况转播，第二天一大早，又带着孩子们来到了纪念碑前。

张富清经常会独自站在纪念碑前，久久凝望着高高的碑身、镌刻在碑座上的文字，还有远处那宁静的天空与田野。

有时候，纪念碑和纪念座下，会摆上新鲜的花束。几棵小松树和小柏树上，挂着几个红五星形状的小灯笼。还有一根小松树枝上，飘荡着一条鲜艳的红领巾。

张富清用力移动着助步器，走近纪念碑的底座边，伸出手，一个个地，轻轻抚摸着那些镌刻在上面的文字。

"爷爷,埋在这里的烈士们,您都认识他们吗?"孩子们问他。

"他们都是当年的红军,是爷爷的前辈,我哪能认识啊?可他们都是爷爷的战友啊!来,你们也摸摸这些文字。"

孩子们都伸出手,一个个地,轻轻抚摸着那些文字。

这时,在不远处,有一位围着头巾的老奶奶,也被儿女搀扶着,对着纪念墙,正在大声呼唤着一个名字——

"满仓,满仓,我看你来了……"

张富清侧耳倾听着老奶奶悲伤的呼唤。他好像在努力地回忆,自己的战友里,有没有一个叫"满仓"的名字。

他的眼里,无声地滚落出大颗大颗的泪珠……

"爷爷,您哭啦?您很想念、很想念这些死去的战友,对吧?"

"是啊,怎么能不想啊?一个个的都还那么年轻!爷爷真想他们啊,想得心里好痛。"

"爸，您不要太难过，都过去这么多年了！"儿子安慰他说。

"不，我不难过，不难过。我每年能来这里看看他们，和他们说说话，这样心里就踏实多了！"

树影慢慢移动着，阳光洒在纪念碑和碑座上。

有时候，张富清带着孩子们在这里流连一整天，仍然舍不得离开。他吃力地弯下腰，轻轻地，一一整理着墙下那些花束和花环，还顺手摘除了一些杂草和枯叶，那些鲜艳的、无名的小花，在纪念碑下轻轻摇曳。

来陵园里扫墓和凭吊的人，渐渐地都离开了。那位围着头巾的老奶奶和她的家人也离开了。只有这些花束和花环，还有一些倒满酒水的杯子，留在纪念碑底座下。

"爷爷，天快黑了，我们回家吧？"

"哦，天快黑了，是该回家了。"

他好像是从自己长长的梦境里抬起头来。

这时候，宝石般明亮的星星，已经闪烁在烈士陵园上空了。

张富清拄着助步器,慢慢地移动到了纪念碑正对面。他用双手整理了一下外套衣领上的风纪扣,努力地让自己立正、站稳,然后缓缓抬起右臂,朝着纪念碑,朝着永远地活在他的记忆里、活在他心目中的战友们,敬了一个庄严的、标准的军礼。

"再见吧,只要我活着,就常常来这里看看你们。"他小声地、自言自语着。

无数颗大大小小的星星,正在深蓝色的夜空中闪耀着。

他在孩子们面前很少说到自己过去的经历。孩子们也只知道爷爷是一位老兵,在战争年代里参加过很多次战斗,身上还留下了战争年代的伤痕。

有时候,好奇的孩子会追问他一些事情。每逢这种时候,他也只是轻轻地叹口气,告诉孩子们说:"爷爷现在吃的、穿的、住的,都很好啊,爷爷很知足了。比起那些年纪轻轻就牺牲在战场上的战友,爷爷是幸运的、幸福的人。他们却连向党、向国家提哪怕一点点要求的机会都没有了！所以你们一定要明白呀，是无数的先烈用流血牺牲，给我们换来了今天这和平、幸福和安宁的好日子……"

慢慢地，孩子们一天天长大了。张富清每年都会来到烈士陵园走一走、看一看，站在高大肃穆的纪念碑前，凝望许久，回想着那些遥远的，军旗飘展、军号嘹亮的岁月。

旧皮箱里的秘密

无论是儿女们还是孙辈们,都知道家里有一个规矩:有两个不同的箱子,除了张富清自己,是谁也不能去碰的。

第一个箱子,是一个上了锁的药箱。这是张富清离休后专门设置的个人药箱。为什么会设置一个个人药箱,而且还上了锁呢?

原来,老年的张富清患有高血压,需要时常从医院开回一些降压药。他的大儿子也患有高血压,经常服用的药品与父亲的药品差不多。张富清担心儿子会公私不分,背着他使用这些药品,所以每次吃完了药,他就把药箱锁了起来。

"老头子,你这是干啥呢?这么信不过自己

的儿子？"老伴知道张富清的心思，故意打趣他说。

"我的儿子，我当然相信。"张富清笑着说，"俗话说得好嘛，'不怕人偷，就怕人惦记'！我的这些药品，是公家给全额报销的，所以只能供我一个人专用，家里其他人都不能占这个便宜。"

"爸，那也不至于要锁起来吧？"

"锁起来好，不仅锁住了'漏洞'，还锁住了你们的'私心'。"张富清跟儿女们解释说，"请你们理解，我这一生，清清白白地做人，已经习惯了，凡事都会先替国家着想。把药品锁起来，其实也就是一种形式，目的就是提醒你们，一定要公私分明，不能占公家的任何便宜，也不要让自己产生任何这样的私心杂念。"

"爸，您看您这心操的！您常给我们讲，对私心杂念，'勿以恶小而为之'，我们都记得牢牢的呢！"

"这样就好，这样就好！望你们理解爸爸，爸爸这种'老思想'，自从参加了革命队伍，就从来没有变过。"

他的老伴和儿女们，对他的这种公私分明、不占国家一点儿便宜的做法，都很赞同。儿女们明白，这都是为了他们好，为了他们也能像父亲一样清清白白做人，兢兢业业做事。

有一件事，不仅让儿女们对自己的老父亲敬佩有加，也让银行的领导感触尤深。

李行长回忆说："那次，张老到恩施去做白内障手术，医生说，需要植入一个人工晶体。手术前，我特意跟医生叮嘱，张老是一位离休老干部，医药费可以全额报销，所以一定要选好一点儿的晶体。"

医生按照李行长的要求，给张富清推荐了一种质量好，但价位也相对比较高的产品，总额是七千至一万元。

但张富清偶然从同病房的一位农民病友口里得知，他用的一种产品是三千多元的。于是，张富清找到医生，坚持让医生也给他换成三千多元价位的。

"张老，您是离休老干部，医疗费无论多少，都可以全额报销，为啥不选好一点儿的呢？"李行长不解地问道。

"三千多元的,你看人家不是也一样在用吗?李行长,我是一个离休的老人了,无法再为国家做点什么,能给国家节约一点儿就是一点儿,能不给国家添麻烦,就尽量不要添麻烦吧。希望你理解一个老人的心意。"张富清的这种艰苦朴素,凡事都先替国家着想的作风,在自己家里也成了一种朴素、清正的家教和家风。

这种家教和家风,如同春天的细雨,润物无声。

无论是父亲以身作则、一身正气的做人风范,还是润物无声的清正家风,多年来一直在默默影响着儿女们的为人和孙辈们的成长。

现在,张富清一家已是四世同堂,四代人里有六名党员。

一说起自己家里出了六名党员这件事,张富清的脸上就堆满了淳朴的笑容,笑容里透出一种自豪感。

不知不觉,又一个冬天到来了。洁白的雪花,正在小窗外面飞舞着。张富清静静地坐在窗前，望着漫天飞雪，又在回忆着往事。这时候，他已经是九十四岁的老人了。他的孙辈们也都长大了。

二〇一八年十二月三日这天，儿子张健全带回来一个消息："爸，国家成立了退役军人事务部，县人力资源和社会保障局要采集所有老兵的信息，进行退役军人信息登记，什么时间入伍的，有没有立过功，立的什么功，都要讲清楚。"

"哦，都要讲清楚？那么多牺牲的人，有的连名字都没留下，讲得清楚吗？"望着窗外的飞雪，张富清喃喃地说道。

"爸，这是党和国家对退役军人的关怀，也是组织上的要求，您可不能隐瞒什么！"

这就得说到张富清家中的第二个箱子了。

很久以来，儿子张健全也对父亲高高搁起的、谁也不准碰的那个旧皮箱，有点好奇。

旧皮箱里到底存放着一些什么宝贝呢？父亲对此总是闭口不谈，一副讳莫如深的样子。

"一定要采集吗？"沉吟了许久，张富清又问了一句。

"人家退役军人事务局的人说了,这是全国范围内的普查,不能有任何隐瞒和遗漏。"

"既然这样,"张富清指着搁置在高处的那个旧皮箱说,"那……你去把那个旧箱子拿下来吧。"

这个棕色的旧皮箱,实在是太旧了!

锁头早就坏了,一直用尼龙绳绑着。

照着父亲的吩咐,儿子小心翼翼打开了箱子。

原来,箱子里压着一个红布包。这么多年来,除了张富清本人,谁也不知道红布包里藏着怎样的秘密,就连他的老伴也不太清楚。

这天,张健全揣着被父亲尘封了六十多年的一个红布包,走进了县人力资源和社会保障局。接待他的一个年轻人叫聂海波,是负责退役军人信息采集工作的信息采集员。

张健全小心翼翼打开了红布包。

聂海波一眼就看到,红布包里有一枚西北军政委员会颁发的奖章,上面镌刻着"人民功臣"四个字。

因为负责这项工作,聂海波之前就见到过不

少各个年代的奖章。但这一瞬间,他一下子愣住了,吃惊地说道:"这种奖章,可不是一般人能得到的!'人民功臣'这种荣誉,只有参加过大型战役的英雄才可能获得!"

聂海波接着一一看下去,一边看,一边更加吃惊了。

他问张健全:"这些东西,真的是你父亲的?"

"是,都是我父亲的。不过,他从没跟我们提起过他有这些东西,我也是第一次见到这些证书和奖章。"

红布包里面的东西,一一展现出来后,在场的每一个人顿时惊呆了。

一枚由西北军政委员会颁发的"人民功臣"奖章;一封"在陕西永丰城战斗中勇敢杀敌"荣获特等功的报功书,落款是"西北野战军兼政委彭德怀"等首长们的名字;一份立功登记表,记录着张富清一次次立功的时间和地点。负责采集老兵信息的聂海波,简直有点不敢相信自己的眼睛了,他说:"真没想到,在我们来凤,还有这样一位战功赫赫的老英雄!"

聂海波意识到了眼前这些信息的分量,他立即报告给了上级领导。

消息很快就传出去了。

"我们只知道张富清这位老同志是一位老兵,可从来不知道他还立过这么多军功!"

"我和张老共事这么多年,从没听他提起过这些事啊!"

"张富清同志我们都很熟悉,可为什么找不到半点相关的记载?这样一位老英雄,怎么深藏了这么多年呢?"

有的人一边看着这些奖章和证书,一边眼睛就湿润了,说:"这可是一位战功赫赫的共和国老英雄啊!他就生活在我们来凤,生活在我们身边,可是几十年来竟然没有一个人知道。"

哦,也许,他的老伴孙玉兰是个例外。

只有孙玉兰知道自己丈夫的一些秘密:他头发下的伤疤,是飞过的炮弹弹片留下的;他腋下的伤痕,是燃烧弹留下的;他那一口过早脱落的牙齿,是因为受到了炮火的剧烈震动。

"爸,原来您是新中国的一位大英雄、大功臣啊!"回到家里,儿子仔细地把红布包又放回了旧皮箱里,默默地看了父亲许久,眼睛湿润着说道,"真没想到,您为国家立了这么多功。"

年过半百的儿子,从没把自己低调、朴素的父亲,与出生入死的英雄人物连在一起。

"我算什么英雄、功臣啊!我是一个小小的长工,没有党、国家和部队,哪有我的出路啊?是党和国家培养了我。"张富清喃喃说道。

"可我们从来也没听您讲过啊!"

"都是应该做的,有什么好讲的。"

"可是爷爷,您为什么要隐瞒自己的身份呢?"他的孙女张然也十分吃惊地、满怀敬意地望着默默无语的爷爷。

是啊,为什么要隐瞒呢?老人没有回答他们。他只是缓缓地移动着助步器,把脸转向了雪花飞舞的窗外。

一个个血与火的战斗场景,又从他记忆里闪过……

一张张年轻的、含笑的脸庞,又出现在他

眼前……

打壶梯山，战东马村，临皋突击战，夜袭永丰城……布满弹孔的军旗在火光中飘扬，嘹亮的冲锋号在黎明的曙光中吹响，战陕中，战陇东，战天水，战西宁……人民解放军的队伍像一道滚滚铁流，他和战友们星夜奔驰，勇往直前，茫茫的祁连山飞雪连天。一百五十多名战友，长眠在风雪之中。他们端着军帽，含着热泪，永别了亲爱的战友。他们转过身，朝着祖国召唤着他们的地方，继续呼啸而去。

"你们只要想一想，和我并肩作战的战友，有多少人都倒在了血泊里、阵地上，就会明白的。他们用自己的命，换来了国家的命，换来了新中国，他们才是真正的英雄和功臣啊！比起他们来，我有什么资格显摆自己？"这时候，张富清把目光从窗外收回来，又喃喃说道。

打开尘封的记忆

有人认为,张富清这样的英雄和那个时代的英雄梦想,对于今天的孩子们来说,已经变得十分遥远了。其实,在和平年代里,在最平凡的日子里,也会有浪漫和传奇的故事诞生,就像在没有硝烟的年代里,仍然会有很多孩子在做着英雄的梦。

有时候,真正的英雄,也是平平凡凡、实实在在、有血有肉的人,甚至就是生活在我们身边的人。

张富清的老兵信息被采集出来后,消息不胫而走,没过几天,整个来凤县上上下下都在传颂着一个传奇般的故事:凤翔大道一个住宅小区里，那位经常拄着助步器散步的老人，是一位隐藏了六十多年的老英雄。

很快，县里、州里和省里的媒体闻风而来。大家都想一睹这位老英雄的风采，向他献上真诚的致敬，同时也希望了解到更多、更详细的故事。

刚开始时，张富清坚持不接受任何媒体的采访。在老人的心里，只有一个简单和质朴的想法：过去的一切，都是他作为一个军人应该做的，没有什么好讲和值得炫耀的。

但是，无论是媒体还是有关部门，都积极努力让人们认识到，张富清老人的经历和故事，已经不单单属于他个人了，而是成了一种强烈的"社会需要"，一个足以感动和教育全社会的、充满了正能量的现实故事。

就连张富清的家人，也深为这个故事感动着。他的儿子张健全深明大义，就配合有关部门和媒体，略施小计，"哄骗"父亲说："您不是一向什么事都听从组织的安排吗？请您接受采访，也是组织上的郑重安排。"

这时候，湖北省退役军人事务厅派到来凤县采访的人，诚恳地对老人说道："战争年代里，您为国家和人民冲锋陷阵，立下了赫赫战功。现在，您把自己经历的事情讲出来，可不是纯粹为了宣传您个人，而是对所有现役军人、退役军人和广大党员、干部、群众的一种鼓励和教育。"

"是啊，张老，您是一位老党员、老革命，现在党需要您再次挺身而出啊！"听到了这样的恳求，张富清只好点点头说："我是一名受党培养和教育多年的老党员，永远听党的话，党叫我干啥我就干啥。"

于是，那些深藏了六十多年的血与火的故事，从这位已经九十多岁高龄的老兵的口中，缓缓地讲述了出来。

战争的硝烟虽然早已散去，和老人一同在解放战争的岁月里出生入死的那一代老兵，剩下的也已经不多了，但是，讲起当年的那些战友，张富清老人说："他们都永远活在自己的心中，一个一个的，还是那样年轻英俊、生龙活虎的样子，宛如就在昨天。"

张富清的孙女张然，平时很少见到爷爷流眼泪。就连爷爷遭受到截肢那样大的磨难，也没听见他喊过一声痛，掉过一滴眼泪。但是现在，爷爷每次讲到自己牺牲的战友时，都会哽咽难言、老泪纵横。

张然甚至觉得，随着爷爷的讲述，他把自己藏在心里几十年的想念和痛苦，把憋在眼里几十年的泪水，终于都释放了出来。

"为了新中国，他们用自己的命，换来国家的命，他们都没有死啊！只要我还活着，他们就还活着，永远活着，活在我心里。"张然把纸巾递给爷爷，老人擦了擦眼泪，喃喃说着。

是啊，一幅幅不能忘却的画卷，在老人心中深藏了六十多年。而六十多年来，他又用自己质朴无华的人格，用自己默默奉献的后半生，继续追寻着生命的那份纯真，追寻着永远属于他们那一代人的无悔的忠贞。他也用自己的一言一行，诠释了什么是人世间的大爱无疆，什么是共产党人的大道无垠。

伴随着二〇一九年早春时节和煦的南风，一

个深藏功名六十多年、质朴无华的英雄故事,迅速传遍了祖国的大江南北。五月二十四日,新华社的一则电讯,更是让这位老英雄的故事举国皆知,温暖和感动着千家万户。

习近平总书记对张富清先进事迹做出重要指示:老英雄张富清六十多年深藏功名,一辈子坚守初心、不改本色,事迹感人。在部队,他保家卫国;到地方,他为民造福。他用自己的朴实纯粹、淡泊名利书写了精彩人生,是广大部队官兵和退役军人学习的榜样。要积极弘扬奉献精神,凝聚起万众一心奋斗新时代的强大力量。

一夜之间,老英雄的故事家喻户晓,"张富清"这个名字也成了全国人民心中闪亮耀眼的名字。

不久后的一天,来凤县人民武装部的同志们,再次来看望张富清时,给这位老英雄带来了一件礼物——一套特意为老人缝制的、中国人民解放军在二十世纪五十年代时的标准军装。

这份礼物,实在让张富清这位老兵感到十分惊喜和珍贵!

他捧着军装，慢慢地回到自己的卧室，按照当年在部队叠军装的方式，仔细地折叠和整理好，然后又掏出钥匙，取出锁在旧皮箱里的军功章，小心翼翼地、一一地摆放在军装上。

仔细地欣赏着自己十分熟悉的军装的颜色与样式，张富清的眼睛又湿润了。他用颤动的双手，轻轻地、不停地抚摸着军装，仿佛瞬间又回到了七十年前，那军号嘹亮、杀声震天的冲锋岁月。那是年轻的英雄儿女们，用自己的热血和生命在书写着自己对国家的忠贞，义无反顾地去追寻着人世间的大爱无疆、大道无垠的岁月。

庄重的军礼

部队来人了
老兵心中掀起波澜
面对着军人军装上的军徽
老兵用一条独腿坚强站立
缓缓举起僵硬的右手
庄严地行上军礼

老兵神色凝重
眼里饱含泪水
军队,我的家
战友,我的亲人
请接受一个老兵对军徽的敬礼

东马村的枪声

壶梯山的拼杀

永丰城墙上飘荡的军旗

冒着敌人肆虐的炮火

突击队员奋勇前进

硝烟中铸就忠诚

烈火中书写军魂

九死一生犹未悔

只因那坚定的信念和军人的勇气

只因心里飘荡着血染的军旗

张富清的儿子张健全从来没有写过诗,但那一晚,他禁不住自己内心的激动心情,含着泪为老父亲写下了一首题为《老兵的敬礼》的诗,也记录下了二〇一九年春天的一个感人的时刻。

二〇一九年三月二日上午,张富清家里来了两位特殊的客人——来自新疆军区某团的两位年轻战友。

新疆军区某团,就是张富清当年进驻南疆时

的那支老部队——新疆军区某红军团。

这两位年轻的战友,他们受部队委托,千里迢迢来到湖北来凤,看望张富清这位九十多岁的老战友、老英雄。

望着老部队派来的年轻战友,读着部队写来的慰问信,张富清激动得双手不停地颤抖,眼睛里噙着喜悦的泪水。

"代我向老部队的战友问好,我给老部队的战友敬礼!"当年轻的战友向张富清表达敬意时,张富清双手撑住沙发,用力站直身体,然后缓缓地举起右手,回了一个庄重、标准的军礼。

这一幕,深深感动了在场的所有人。

亲眼看见这个瞬间的张健全,也被这番情景感动得彻夜未眠。

老人的孙女张然后来也回忆过当时的情景,说:"那天,看到部队来人,爷爷显得特别高兴。为了迎接战友,爷爷特意把军功章别在胸前。多少年了,这是他第一次高调地亮出赫赫战功。爷爷仔细地倾听部队代表朗读全团官兵为他写的慰问信。当部队战士大声念到'三五九旅''王震将军'时，爷爷先是兴奋地拍手，紧接着又激动地落泪，然后用一条独腿颤颤巍巍地站起来，挺直脊背，对着老部队的代表，庄严地举起右手，行了一个军礼。这是爷爷离开部队多年后的又一个军礼。"

在此后的几天里，老人捧着老部队的那封慰问信，反反复复看了好多遍，然后伏案多日，几易其稿，给自己的老部队写了一封回信。信中写道：

亲爱的战士们：

我是原西北野战军第二纵队三五九旅七一八团二营六连战士张富清。今年三月二日，老部队专程派人来慰问我，见到你们，我好像又看到了当年三五九旅的战士们，千言万语都无法表达我激动的心情。感谢老部队，感谢首长和战友们，请接受一个老兵的崇高敬意——敬礼！

我是一九四八年三月参加西北野战军的，当年八月入的党。部队培养了我，教育了我，使我成长为一名革命军人，我为有幸成为当年七一八团的战士而骄傲和自豪！

……

六十多年来，我很想念部队的生活，没有忘记部队的优良传统，工作、学习、生活中始终保持着当年突击队员的本色，努力为党工作，从未给老部队丢脸。如今我已近期颐之年，看到我们的部队在习近平强军思想的指引下不断强大，老部队'猛打、猛冲、猛追'的战斗精神得到传承发扬，我感到无比欣慰。

在这里，我有几句心里话想给战友们说。一是希望你们坚决听党的话，坚决听从习主席指挥。党指到哪里，习主席指向哪里，你们就要坚决地打到哪里。二是希望你们苦练杀敌本领，平时多流汗，战时少流血。有了过硬的本领和打仗不怕死的勇气才能打得赢。三是希望你们团结友爱，心往一处想，劲往一处使，大家拧成一股绳，就没有攻不下的碉堡。

最后，祝愿我们的人民军队越来越强大！祝愿我们的国家不断繁荣昌盛！祝愿各位战友工作顺利，身体健康，勇立新功！

此致，崇高的军礼！

原西北野战军

三五九旅七一八团战士　张富清

二〇一九年三月二十九日

张富清的这封信没有华丽的辞藻，写得真挚质朴，一如他一生为人行事的质朴作风。

到了夏天，这支老部队的几位年轻战士，还特意与张富清做了一次视频连线交谈。

"老班长，您好！我是二连四班班长刘明鹏。我代表全连官兵向您致敬！"一九四八年十一月，永丰战役打响时，张富清就担任着这个四班的班长。隔着屏幕，听到来自新时代、新四班的这句亲切的问候，张富清老人噙着热泪，立刻举起右手，向屏幕那一端的年轻战友回敬了一个庄重的军礼。

"老班长，我带您参观一下咱连的荣誉室。"

"老班长，这张照片记录的就是您参加过的永丰战役。当时您作为突击队员，和战友们发扬

庄重的军礼

'三猛'精神，炸掉敌人的碉堡，为团主攻部队扫清了障碍。"

"这是咱们军人应做的事情，是咱们的职责。"

"老班长，您放心，我们的本领一定会越练越强，连队建设一定会越来越好！"连指导员周巍代表官兵对"老班长"说。

"我放心，我很放心！"

"老班长"高兴地为他们鼓起了掌……

跟随着镜头，张富清老人一一看到了官兵们的宿舍和学习室。学习室里摆着一台台电脑，每一间宿舍里都是窗明几净。

"你们现在的条件比我们过去好了好多倍。我们那时候没有寝室，寝室就在大山上。"张富清一边看，一边无限感慨地说道。

"老班长，您还有什么要嘱咐的吗？"视频连线结束前，指导员周巍请老英雄再给年轻的战士们讲几句话。

张富清努力地挺了挺身子，语重心长地说道："你们在训练中取得了很好的成绩，发扬了当年三五九旅的精神。今后,大家要坚决听党的话,保持官兵一致,努力练就过硬的本领,团结起来拧成一股绳,才能在党和人民需要的时候挺身而出!"

"老班长,我们一定会牢记您的嘱托,听党的话,跟党走,不怕苦、不怕累,练好打赢本领,当习主席的好战士。非常希望您能回老部队来看一看,再给我们讲一讲您的英雄事迹。"

"我现在身体不大方便,左腿是假肢,但我还是争取一定来看看你们!"

这是一个多么美好的约定啊!虽然因为年事太高,张富清老人无法重返南疆,但是他的心、他的思念和期望,早已飞越了鄂西山区的崇山峻岭,飞到了他曾经战斗和生活过的南疆大地。

闪亮的初心

现在，每逢晴朗的日子，张富清仍然还会慢慢地移动着助步器，慢慢地来到离他居住的小区不远处的那个烈士陵园里，来看看掩埋在这里的那些革命先烈。他觉得，只要站在陵园里的纪念碑前，他好像就是站在了自己的战友们身边，好像就可以和那些凝聚在纪念碑上、融化在蓝天里的英雄，默默地说一会儿话了。

此刻，绯红的晚霞，映红了天空和大地。

张富清推动着助步器，又慢慢移动到了纪念墙正对面。像往常一样，他又整理了一下军帽和风纪扣，立正、站稳，缓缓抬起右臂，向长眠在这里的烈士们献上了自己最庄严的军礼。

回家的路上,孙女张然问他:"爷爷,您这一生过得实在是太苦了。假如人生可以重新活上一次,您会怎么选择呢?"

"怎么做?那还不简单吗?爷爷压根儿就不需要重新活一次!"望着好奇的孙女,张富清坚定地说道,"爷爷这一生,虽然苦过累过,流过汗,流过泪,也流过血,可是我们活得清清白白、堂堂正正,每一步都迈得踏踏实实啊!孩子,你想知道这是因为什么吗?"

"想啊,爷爷,这是因为什么呢?"

张富清抬起头,望着已经变得深蓝色的夜空,望着那无数颗正在夜空里闪耀的星星,喃喃地说:"其实道理很简单,只因为,我们是为了党、为了国家和人民在奋斗!为了国家,我们正直地生活,辛勤地劳动,打心眼儿里热爱和维护着脚下的这块土地,忠诚于我们从年轻时就选定的理想、信念和目标。"

这时候,无数颗璀璨的星星,正在深蓝色的夜空闪耀着。

"然然,你看,他们都在天上看着我呢。"一边慢慢地移动着助步器,张富清又对孙女说道。

"爷爷,他们是谁?是您的那些战友吗?"

"这还用问,不是他们,还能是谁?当然啦,也不仅仅是他们呢!"